各界推薦

「抓螃蟹、獵小鳥、單挑大腹蛇，在田野間生活的南瓜，悠閒自在、驍勇善戰。原本是一隻生活在室內的『都市俗』，因為照護人搬到鄉下後，南瓜也很快的『本能覺醒』，開啟他的鄉野貓生。看到南瓜能夠在大自然盡情奔跑、發揮本能，相較於城市中，只能關在室內、唯一娛樂是玩逗貓棒，悶到憂鬱症患了『舔毛症』的家貓，南瓜的生活，我想是所有貓咪的『究極夢幻 life style』。看完書後，我想跟我一樣同為關在城市中的人類，一定也會跟著一起嚮往南瓜無拘無束的生活。」

——《來~跟毛小孩聊天》作者　Leslie

「私以為，這是五十嵐大介最好看的散文漫畫。他與貓咪南瓜的生活故事，投射出每一個貓主人與貓的日常生活。那些無法言喻的情緒，都在他的畫筆下完美呈現。」

——行人文化實驗室總編輯　周易正

「能夠在山上生活的貓狗，除了很勇敢，每天一定過得很有趣……貓，總是帶給我們無比的想像空間，神秘，不見貓影時，以為正在何處進行冒險的事！殊不知一個轉頭，原來是在自認為安全又隱密空間。好像家中來了毛孩子後，人類都很會陷在自己的幻想中，覺得自己的貓狗很有事！其實他們是對的了，只是專注的做自己~看著作者五十嵐大介與南瓜的田野生活，一邊尋回兒時記憶中，南瓜具有著什麼都不怕的好奇心，那種單純雖漸漸消失，卻讓人想起都會哈哈笑。」

——《家有諧星貓，我是白吉》作者　張角倫

南瓜與我的野放生活

カボチャの冒険

五十嵐大介

黃廷玉 譯

鄭衍偉（Paper Film Festival 總策劃）

或許你覺得自己沒有體驗世界的餘裕，但是五十嵐告訴我們答案就在……

待在都市裡，身旁周遭都被人造物所包圍，舉目所見的一切都是靜止的，不會動。然而位居海中或山林裡，圍繞身邊的一切卻總在流轉。我是某一天才赫然發現，這種被風或草木籠罩的環境最讓我感到安心。

——五十嵐大介

不知道讀者有沒有踏進水田的經驗？撩起綠油油的稻禾端詳，可以看到瓢蟲漫步；拔起深陷泥濘的大腳，會發現小魚和水黽在你激起的漣漪之間穿梭；田水像生物一樣帶著溫順的脈搏吮弄小腿，風中傳來蜻蜓和鷺鷥振翅的聲響……就在那個當下，你會意識到這個世界一切都是活的。除了和我們形態相近的人類之外，還有好多好多性命。

五十嵐從他第一部經典作品《故事說不停》（東立）開始，帶給我們的，其實是這種來自土地的，靈性的詩意。日本有些論者會把他的作品拿來和《遠野物語》和宮澤賢治做類比。一方面是因為他在作品中呈現的經常是鄉野與村落生活，另一方面，則是因為他作品中隱含的價值觀與想像力讓我們聯想到那些流傳久遠的傳說。當五十嵐描繪那些人為更少介入，更素樸的世界，他所呈現的不是都市人眼中的野趣或田園情懷。他的世界雜揉自然的美妙與暴力，以及對於超凡力量的嚮往與畏懼。他對自然界的細節刻劃極其細膩，透過他的觀察，我們有時候不由得起雞母皮。而他獨樹一格的自然觀更直接啟發了日後漆原友紀的創作。

這樣的一個靈魂，在漫畫生涯發展不順遂的時候走入山林，似乎是可以預見的事。五十嵐結束第一部作品連載之後，有很長一段時間沒有稿約。在沒有工作的狀況下，他開始嘗試種植作物，培養漫畫之外的技能。26歲到32歲之間，五十嵐陸續住過大宮、盛崗，最後輾轉到了東北岩手縣的衣川村租間老屋，自己墾地，參加村裡的「鄉土自然學校」種起二十幾種作物。由於五十嵐父母是東北人，他一直希望能夠有機會在日本北

方住一段時間，躬耕三年的經驗累積，也成為他日後繪製自然生涯代表作《Little Forest》（臉譜預計明年出版）與《南瓜與我的野放生活》的背景。

五十嵐大介很喜歡旅行。相較於一般繁忙閉門趕稿的日本漫畫家，他這種流浪的經歷是個異數。他曾經說過，住在相對封閉交通不便的島上，一切都必須自己來。身在都會，很多東西都可以用錢買，真的遇到麻煩打通電話也會有人來救，可是對他來說，看到島上的人一切都可以靠自己解決，覺得這樣真的很帥。五十嵐喜歡做菜，會自己醃梅子、做桑椹果醬和麵包，這種想要動手觸摸，學習一切自己來的企圖，讓他養成不太一樣的價值觀。對他來說，親自動手就和眼、耳、鼻、舌等其他感官一樣，是認識世界很重要的一個學習過程。

作者在後來奪得文化廳媒體藝術祭漫畫類優選的《魔女》（東立）這部作品中，寫過好幾次這樣的台詞：「他們不明白怎麼製造出東西。也不知道他們現在的生活是從哪裡來的。」當我們發現他是用這樣的態度在窺探世界，或許連撿到小貓南瓜，對他來說都是一把開啟世界的新鑰匙。南瓜是五十嵐蟄居盛岡時撿到的小貓。一人一貓前往衣川之後，作者自己忙著和農事搏鬥，設法種出一點真的可以吃的東西，被晾在一旁的南瓜幾乎都是野放狀態。相較於人類，牠反而更快適應鄉村生活。當我們透過五十嵐的眼睛觀看貓，看到的或許不僅是可愛的寵物，更是貓眼折射的笨拙的人，他們共處的草木蟲魚，以及面對自然的欣喜與驚駭。

五十嵐現在搬到綠意盎然的鎌倉，然而他和東北的羈絆在311災後更顯綿長。不僅參與岩手縣的「漫畫岩手（コミックいわてWEB）」復興計劃，《Little Forest》今年更正式改編電影，由橋本愛主演，希望如實呈現東北四季。或許不是每個人都像五十嵐大介擁有體驗世界的餘裕，但是透過他的畫筆，我們似乎可以觸摸到那令人嚮往的可能性。那是人類生活的原貌，是文明開始的風景。

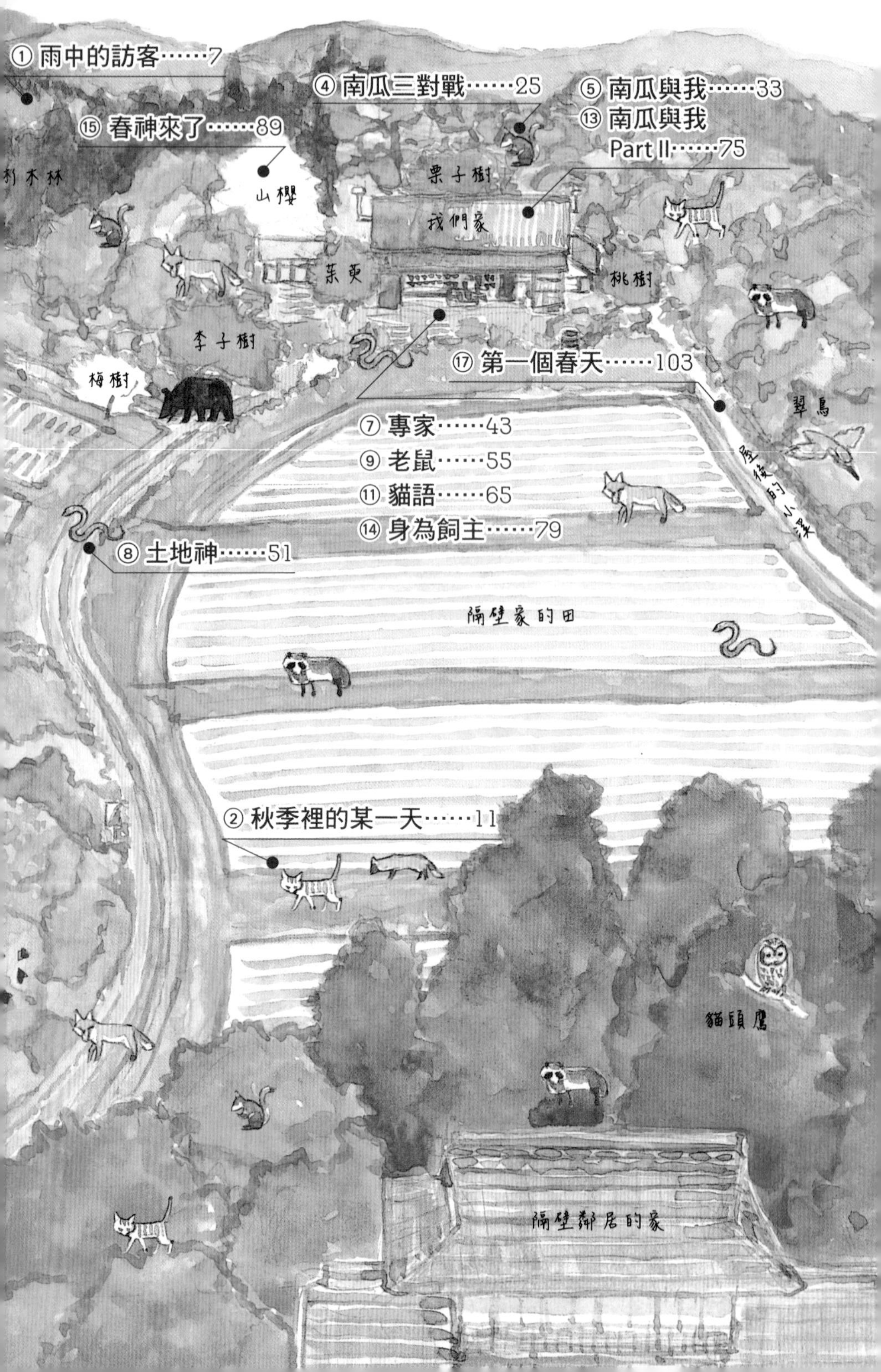

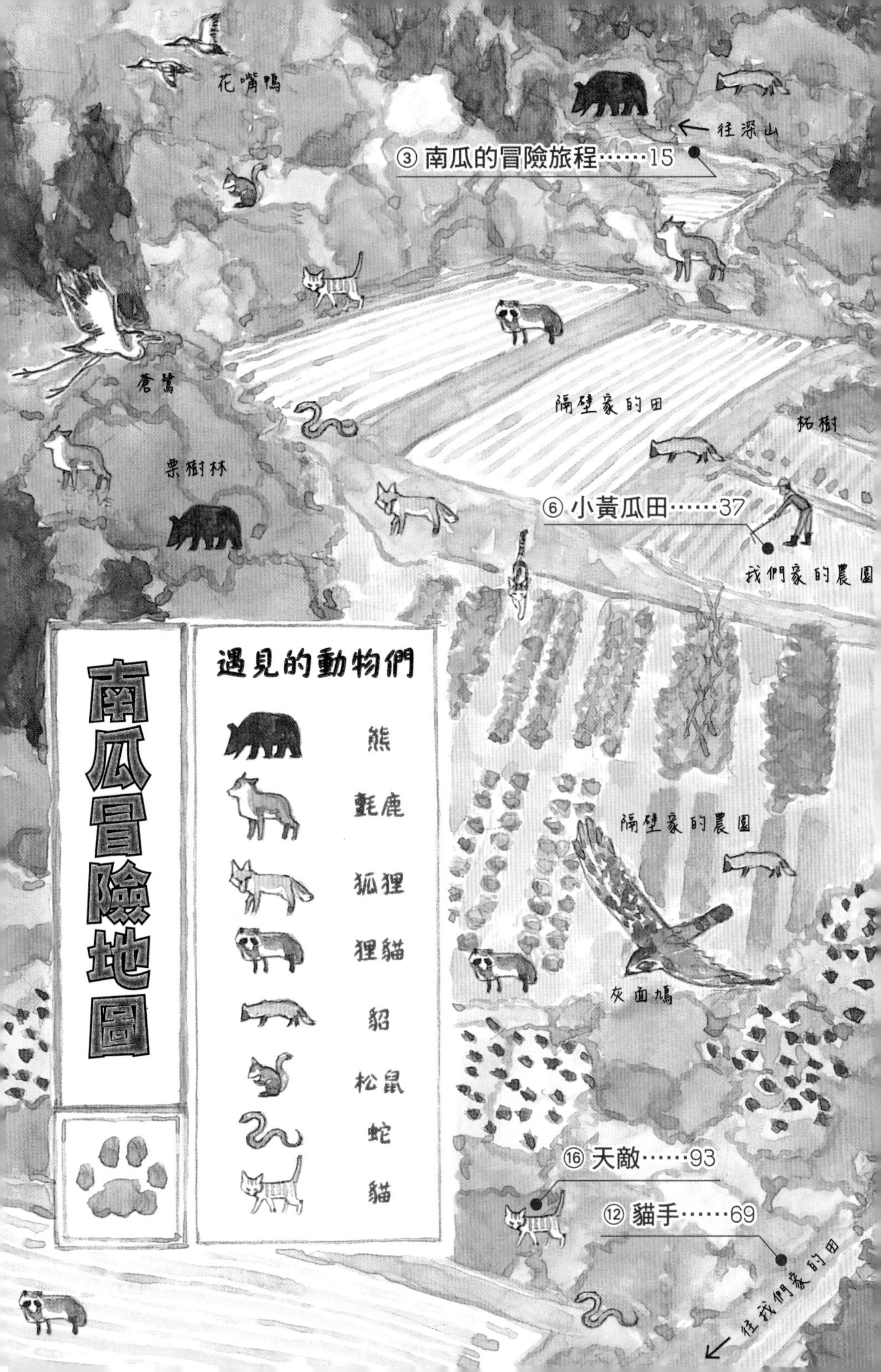

花嘴鴨
往深山
③南瓜的冒險旅程……15
蒼鷺
隔壁家的田
柘樹
栗樹林
⑥小黃瓜田……37
我們家的農園
南瓜冒險地圖
遇見的動物們
熊
氈鹿
狐狸
狸貓
貂
松鼠
蛇
貓
隔壁家的農園
灰面鳩
⑯天敵……93
⑫貓手……69
往我們家的田

zzz...

唰唰唰——
Adventure 1
雨中的訪客
唰唰——
在某個下著雨的日子裡，
沙沙
咔咔咔沙咔沙
有個不明生物，在抓我們家的牆壁。
怎麼了？

咔啦咔沙
咔啦
嘶啊
嘶啊
咔沙沙咔沙沙
是動物吧？
難道是熊!?
咔沙…
唰唰唰—
離開了嗎？
!
跑到地板下面了！……
叩隆叩嘍
叩隆叩嘍
叩隆叩嘍
叩隆
是打算要挖洞嗎？

喂喂，南瓜，不要來亂啦……
拍
叩嘍叩嘍叩嘍…
…該怎麼辦呢？
如果突然嚇唬牠，
就算是熊，應該還是會落荒而逃吧……
可是，萬一牠陷入恐慌，反而衝進家裡來……
唰沙唰沙
叩嘍叩嘍
叩沙沙
南瓜也有可能出手攻擊對方……
叩沙沙
叩沙沙
叩沙沙叩沙沙
叩沙沙
砰！
砰！
砰！
唰唰唰……

最後，那個不明生物總算是逃走了。
隔天早上，我懷著忐忑不安的心情出去看看情況。
挖了一個這麼小的洞…
原來不是熊嗎…
但是，據說就算是很小的洞，熊也能自由進出。
另外我還聽人講過，這房子閒置的隔間裡，有狐狸住在裏頭。
這附近，也時常發現像是狸貓、
或是獾之類的小動物。
舔舔
那到底是什麼動物呢…

咪嗯～～～
Adventure 2
秋季裡的某一天
在某個秋天的日子裡⋯
啊，

南瓜…
是南瓜吧。
跑到那麼遠的地方…
喀答喀答喀答喀答　喀答

我還是第一次看到牠在那裡散步耶…

原來牠也會到那邊的樹林裡啊。
喀答喀答喀答
喀答
嗯？咦？
喀答
……南瓜？
3秒之前
咦…可是剛剛…
現在
喵哇！
什麼…

喵喵！
南瓜！？
妳會瞬間移動嗎？
還是分身術？
真的 假的
原來是附近的三花貓，剛好聚在一起了⋯⋯
但我竟然因此把別的貓誤認成南瓜，
身為飼主應有的那份自信，也有點消失了。
欸，妳呀，
妳真的是南瓜對吧？

Adventure 3
南瓜的冒險旅程

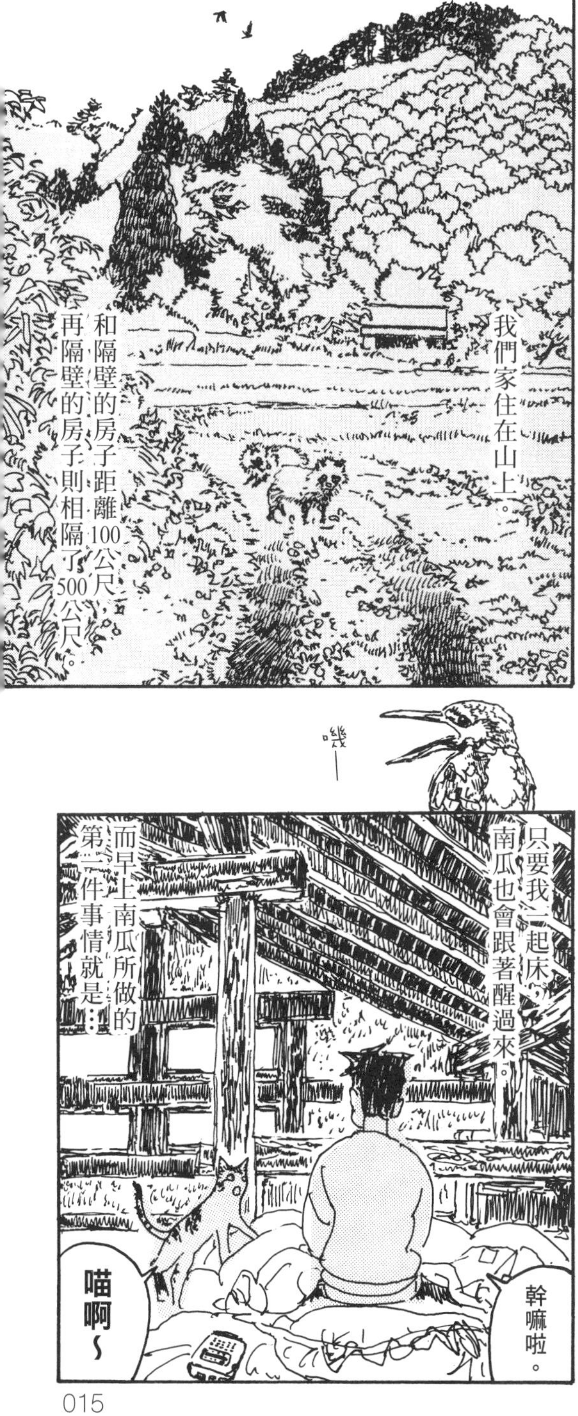
我們家住在山上。
和隔壁的房子距離100公尺，再隔壁的房子則相隔了500公尺。
嘰—
只要我一起床，南瓜也會跟著醒過來。
而早上南瓜所做的第一件事情就是……
幹嘛啦。
喵啊～

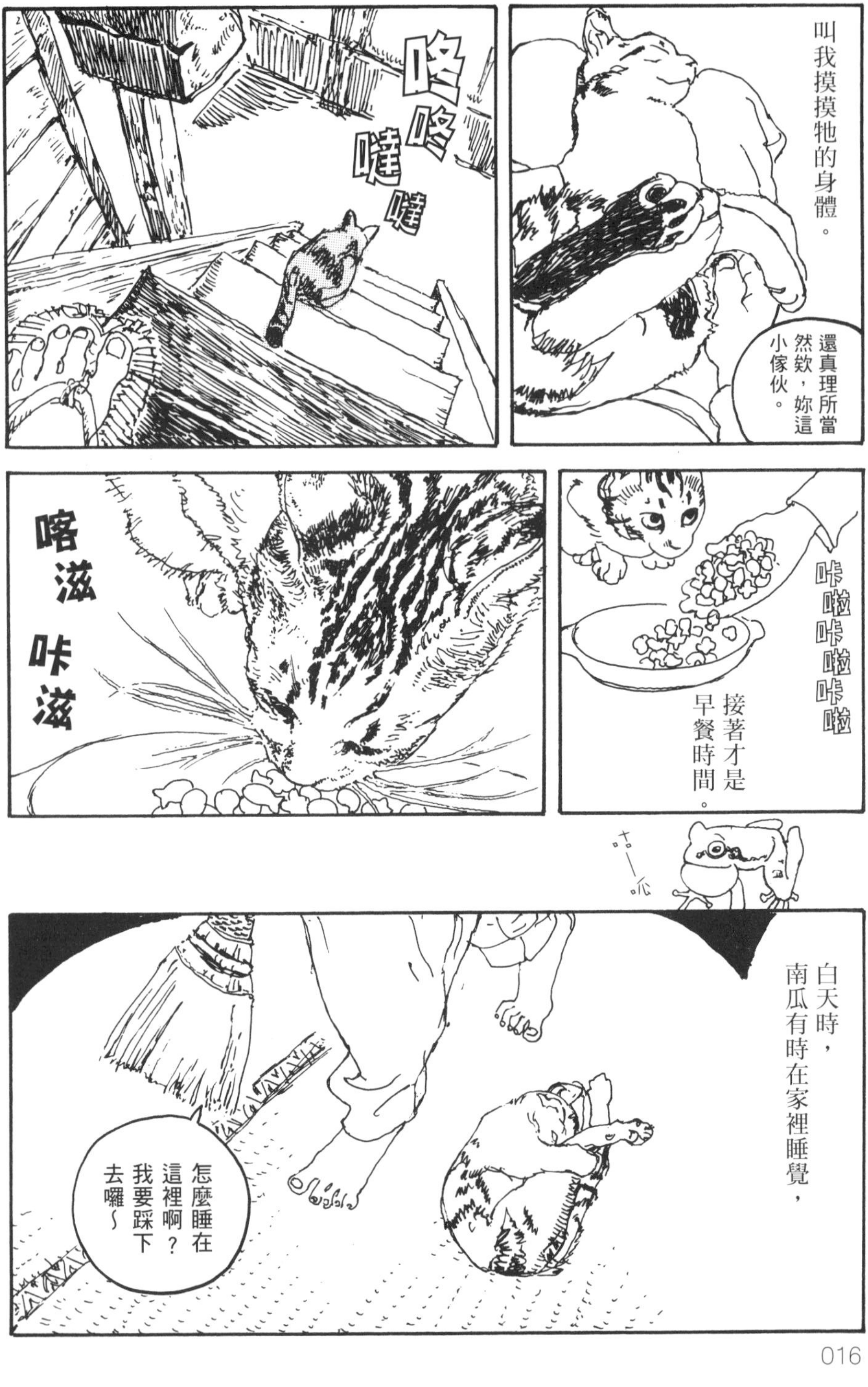
叫我摸摸牠的身體。
還真理所當然欸，妳這小傢伙。
咚咚
噠噠
咔啦咔啦咔啦
接著才是早餐時間。
喀滋 咔滋
白天時，南瓜有時在家裡睡覺，
怎麼睡在這裡啊？我要踩下去囉～

有時候抓抓小澤蟹，
嗯唔？
有時坐在樹木頂端，叫我陪牠玩，
喵
又不是妳叫我上去就上得去…
有時又會跑到田裡來搞破壞。
挖挖挖挖挖挖
菠菜
喂！那裡我才剛播種下去耶…
儘管如此，牠偶爾，
南瓜～
也會失蹤一整天。
起先，我總是非常地擔心，
南瓜啊～
後來有次看到牠離開森林走回家裡，
喵～

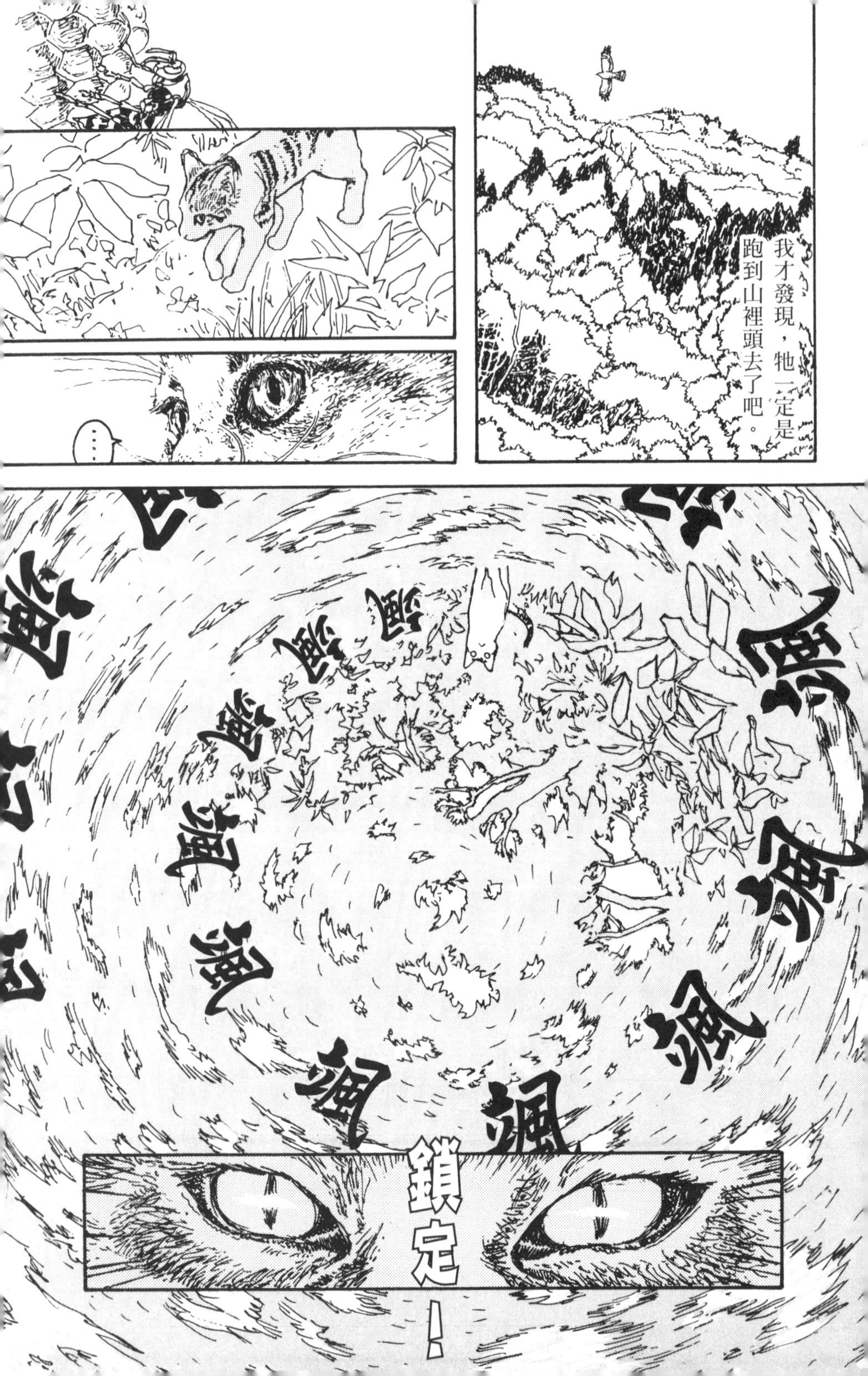
我才發現，牠一定是跑到山裡頭去了吧。
……
颯颯颯颯颯颯颯颯
鎖定！

嗷喔喔喔～
輕巧轉身
站定！
猛咬
吼～～！

吼~
跳!
跳!
我跳!
哼
猛撲!
吼~
舔舔
碰!
!
哈……
嘶—
啪沙沙沙
碰!

嘶嘶
嘶
伸爪！
嘶嘶—
伸爪！
吼嘎嘎啊啊啊啊啊
好強！好厲害！！
呀～
我抓！
南瓜好強喔！
※作者本身有妄想症
回想起當年，那個雨天，
妳還只是一隻凍壞了，全身發抖的小貓咪呢…
咪～
咪～
喵嘎啊啊啊啊

妳堅強地長大了呢。
今天一定也在深山裡四處冒險吧……
但可別亂來喔，不要受傷了……
唉～還是有點擔心哪……
總之，希望妳今天也能平安無事地回到我們的家……
鄰居的家
哎呀，這隻貓怎麼又跑來啦？
八成是這兒太舒服啦！瞧牠，一整天都在睡覺呢。
呼嚕呼嚕呼嚕……
完

南瓜的大冒險

Adventure 4
南瓜三對戰

嗡嗡
在群山的懷抱之中，我們家的貓咪「南瓜」，
每天都進行著華麗的冒險，過著多采多姿的戰鬥生活。

某天早上，南瓜坐在屋後的栗子樹上。
在幹嘛啊？
……
啊
南瓜緊盯著的目標是，
緊緊攀在樹幹上的松鼠。
沙沙
對戰VS.松鼠！

松鼠一邊繞著樹幹旋轉，
一邊似乎在盤算著，該怎樣爬到貓咪跳不上去的高處樹枝。
牠等待著能夠快速逃過貓身邊的時機。
但松鼠明明就比較靠近地面。
為什麼牠不乾脆跳回地面逃走呢？
南瓜在樹枝上無法自由行動，
看起來相當焦躁，
而松鼠即使在垂直的樹幹上也能來去自如。
唰
唰
……
……
……

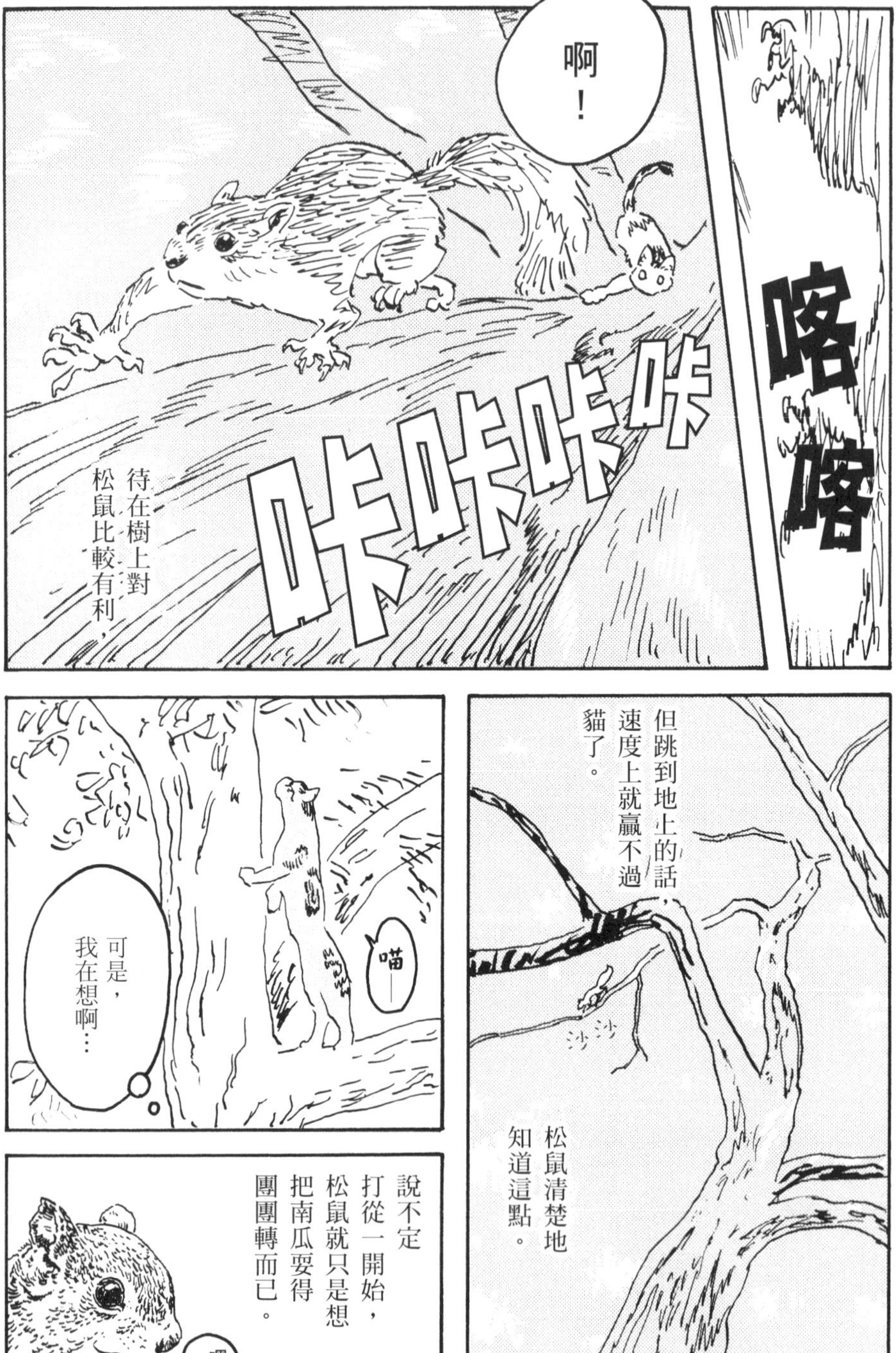
喀喀
啊！
咔咔咔咔
待在樹上對松鼠比較有利，
但跳到地上的話，速度上就贏不過貓了。
沙沙
松鼠清楚地知道這點。
喵——
可是，我在想啊……
說不定打從一開始，松鼠就只是想把南瓜要得團團轉而已。
嘿嘿

對戰VS.狐狸！

啊，
逃走了！
走如飛
探頭
喔，原來是狐狸…
都還沒看到對手是誰就不戰而逃。
真是看不下去…

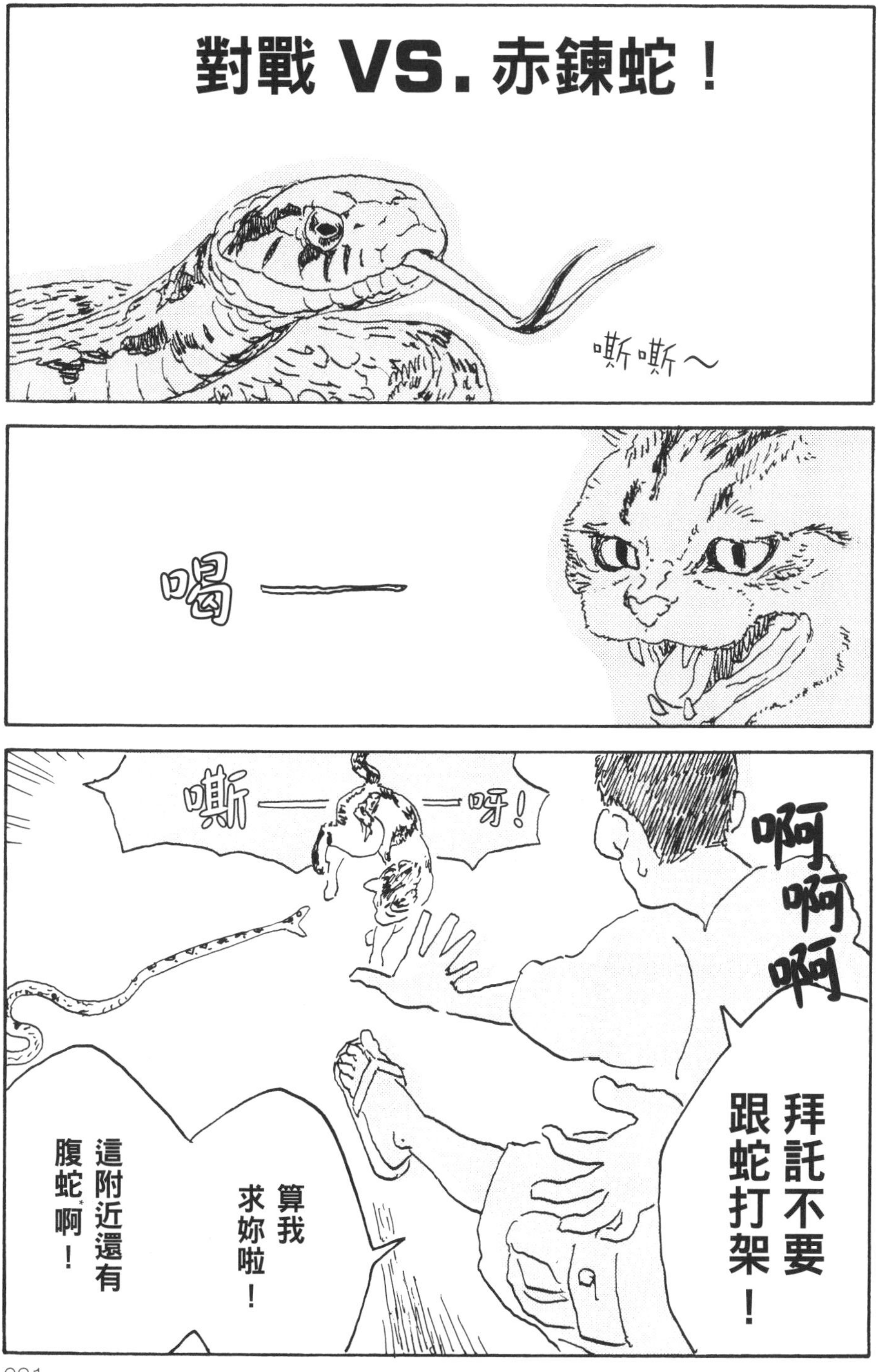
對戰 VS. 赤鍊蛇！
嘶嘶～
喝——
嘶————呀！
啊啊啊
拜託不要跟蛇打架！
算我求妳啦！
這附近還有腹蛇*啊！

*譯注：赤鍊蛇無毒，但是腹蛇有劇毒

嗯——
嗚嗯嗯——
小貓南瓜的華麗冒險，將會繼續下去！
抓抓抓

Adventure 5
南瓜與我
欸，南瓜，妳看妳看！
這樣的山居生活過了差不多一年⋯

喵—
喵—
南瓜也悟出了一套找我陪牠玩遊戲的方法。
無聊的時候，牠就會爬到樹上或是屋頂上，
用聽起來很害怕的聲音喵喵叫著。
又來了…
剛搬來山上的那陣子，只要聽到牠那拼命求救的叫聲，不管幾次我都一定會去救他下來，
喵—
喵—
喵—
但某次，我偶然目睹到牠自己跳下來的過程，
啊，妳這傢伙…
才終於了解到，那叫聲只不過是為了引起我同情的演技罷了。

喵～喵～
我才不會理妳啊，非得讓你學乖不可！
等肚子餓了就會自己跳下來了吧…
來比比誰有耐性！
喵～喵～
還真拚啊妳…
呼～嚕嚕嚕嚕
貓頭鷹在叫…
…啊！
……難道!?
喵啊
危險啊南瓜！

南瓜!!
南瓜啊…
喵——!
南瓜!!
沒事就好 沒事就好…
就這樣，
這場耐力賽是我輸了……
之後，為了能盡快爬上屋頂，
喵—
我便把屋旁的樹枝，修剪成容易攀爬的形狀。
喂～南瓜～

栽種小黃瓜的時候，
必須架起網子，
好讓小黃瓜的藤蔓
可以攀附在上面。
Adventure 6
小黃瓜田

唰
唰
你看，
我們家的貓咪
南瓜，很想找
人跟牠玩，
於是牠躡手躡
腳地走過來…

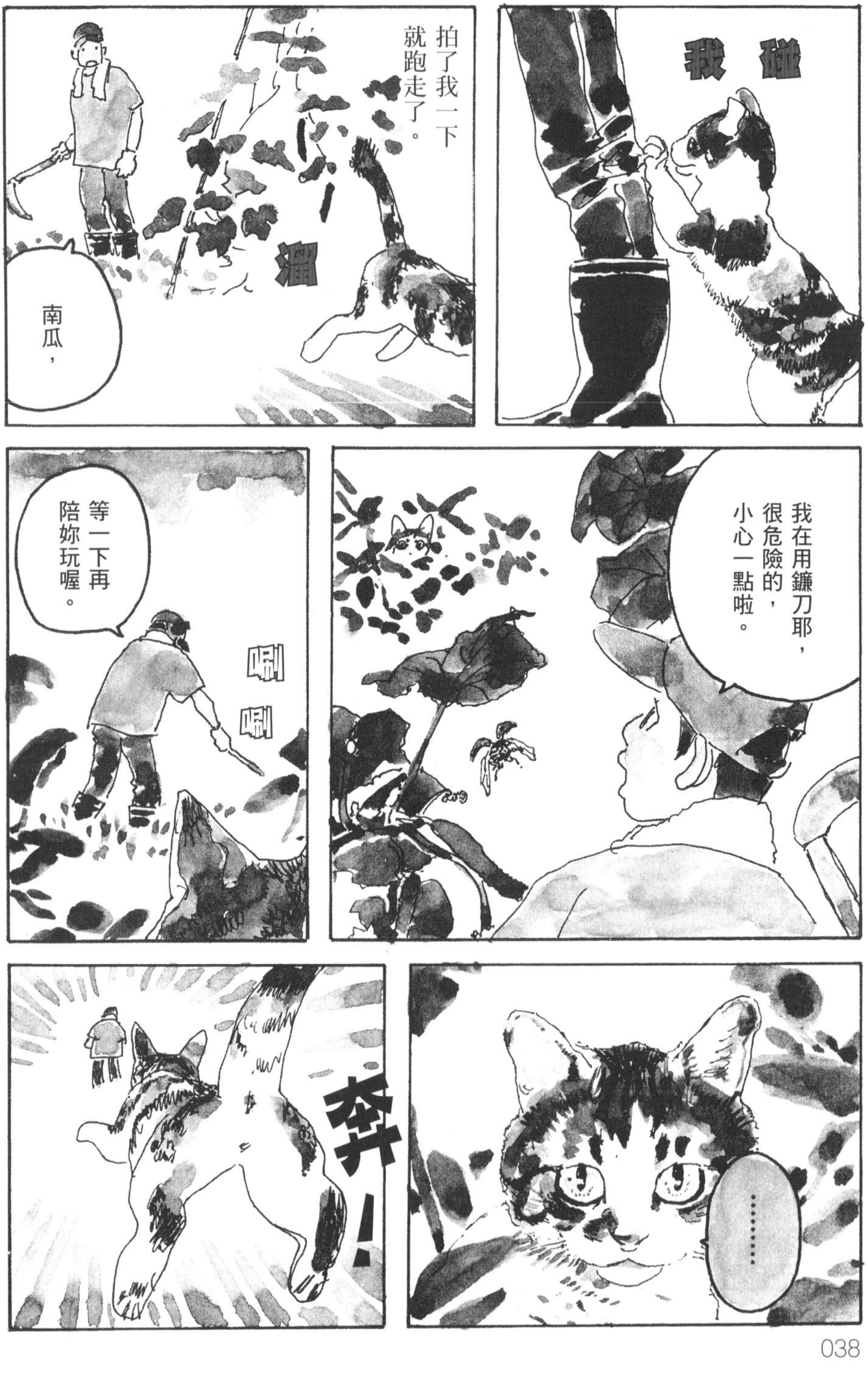
我 碰
拍了我一下就跑走了。
溜
南瓜，
我在用鐮刀耶，很危險的，小心一點啦。
等一下再陪妳玩喔。
唰唰
……
奔！

纏
住
！
喵！
纏緊
啊！妳這笨貓！
拉
扯
喵呀！
繃緊
咪啊——！
南瓜完全失控了，越是掙扎，網子就纏得越緊……
南瓜！
喵
小心脖子！！
別亂動！越動只會纏得越緊啊！
繃緊
妳先不要動啦！冷靜點……
嘶啊——
求求妳先不要亂動……

呼～
喵～
似乎沒有受傷…
剛剛真是太可怕了，
要是我不在的時候剛好發生這狀況，那就…
剛剛那樣很危險欸…
摸摸
咕哇～～～
抓抓抓抓
……到底有沒有聽懂啦，大笨貓。
因為這件事，我就把小黃瓜、苦瓜等等的網架的位置，全部往上移，好讓貓不會被纏住。
也請大家要多留意這點唷。

南瓜的大冒險

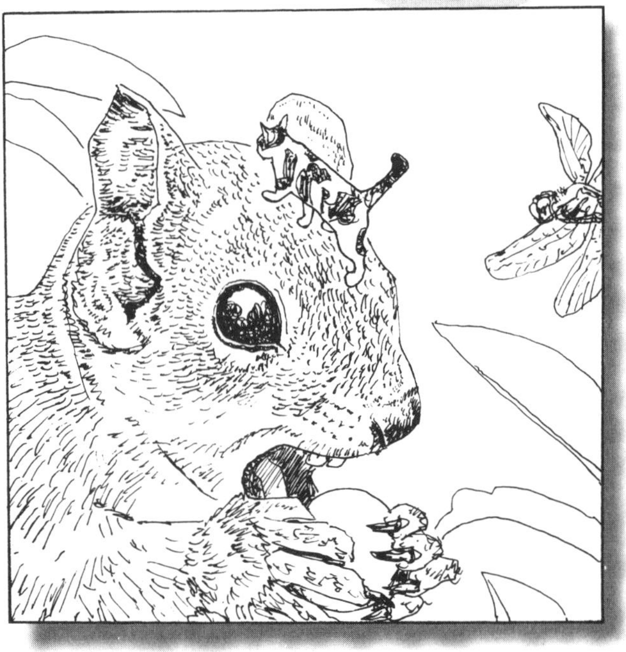

Adventure 7 專家
在我們搬到山裡之前，
南瓜一直都被養在室內，
原先我還以為牠是一隻
很遲鈍的貓⋯

直到那天，
有隻綠啄木鳥，
因為迷了路，
闖進我們家中。
※我們家的土牆上有一些孔洞。

咦!?
啊!
振翅
啄木鳥朝著玻璃猛撞!
砰!
揮翅聲——
得趕快放牠出去才行!
不然會受傷的!
不要亂飛啊，現在我就想辦法…
正巧南瓜回來了。
!
喵啊!
啊…

哇!!
全倒
拍拍拍拍
啊
別鬧了你們!
乒乒乒乒
欸欸欸!!
嘶啊—!
窗戶打開了，快逃啊你！
猛衝

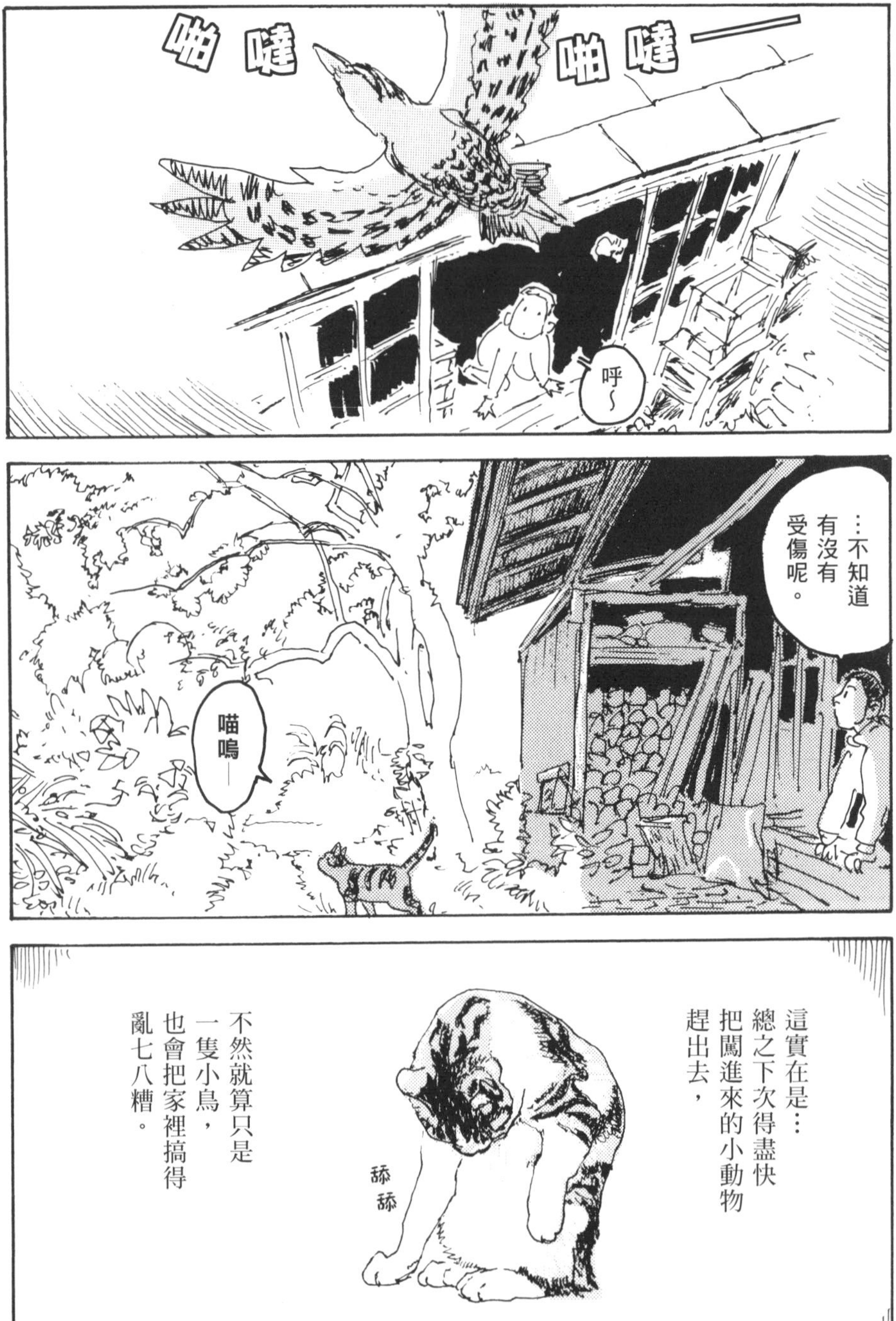
啪噠 啪噠——
呼～
…不知道有沒有受傷呢。
喵嗚—
這實在是…總之下次得盡快把闖進來的小動物趕出去，
舔舔
不然就算只是一隻小鳥，也會把家裡搞得亂七八糟。

然而，過了幾天之後，
啾啾啾…
嗯…
唧啾
嗯…？鳥叫聲？
唧啾啾啾
從外面傳來的嗎？
啪啪啪
不對，好像在裡面…
糟了！
要趕在南瓜發現之前行動啊！

嘶啊嘶啊啊
啊
南瓜！
一跳！
彈
跳
撲
蹬
壓！
太強了吧！！
秒殺！！

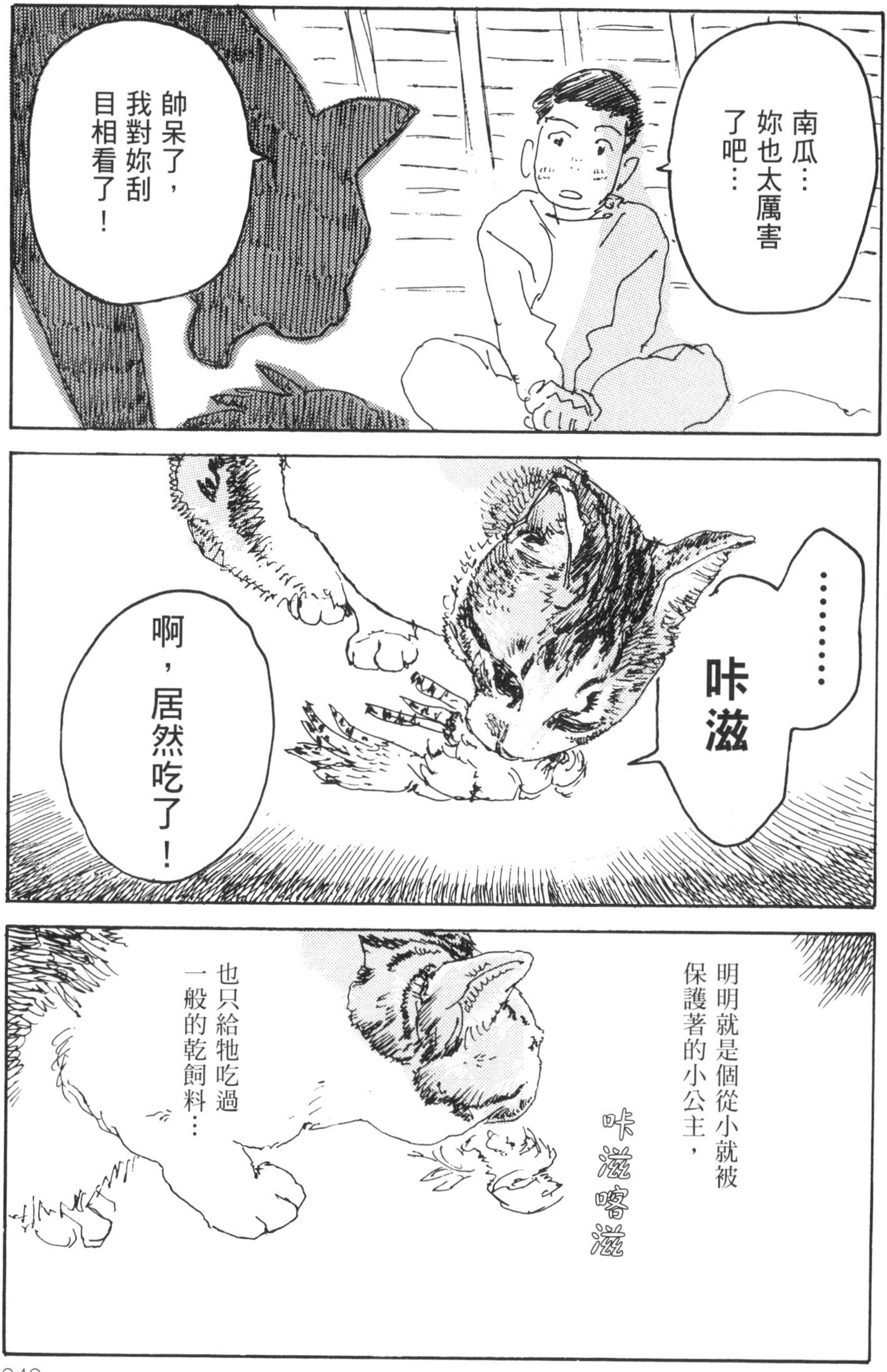
南瓜⋯妳也太厲害了吧⋯
帥呆了，我對妳刮目相看了！
⋯⋯⋯咔滋
啊，居然吃了！
明明就是個從小就被保護著的小公主，
咔滋喀滋
也只給牠吃過一般的乾飼料⋯

牠怎麼會知道
鳥是可以吃的呢？
這就是所謂的
本能嗎……
咔滋
喀滋
最後，除了幾根羽毛以外，
從腳到鳥喙，
全被吃得
一乾二淨。
嗚哇～
妳、妳沒事吧？
肚子不會痛嗎？
伸懶腰
……
噠
噠
噠
噠
回想起來，那一瞬間，
正是南瓜做為一名
「捕鳥專家」，
初次嶄露頭角、
大放異彩的時刻啊！
舔
舔

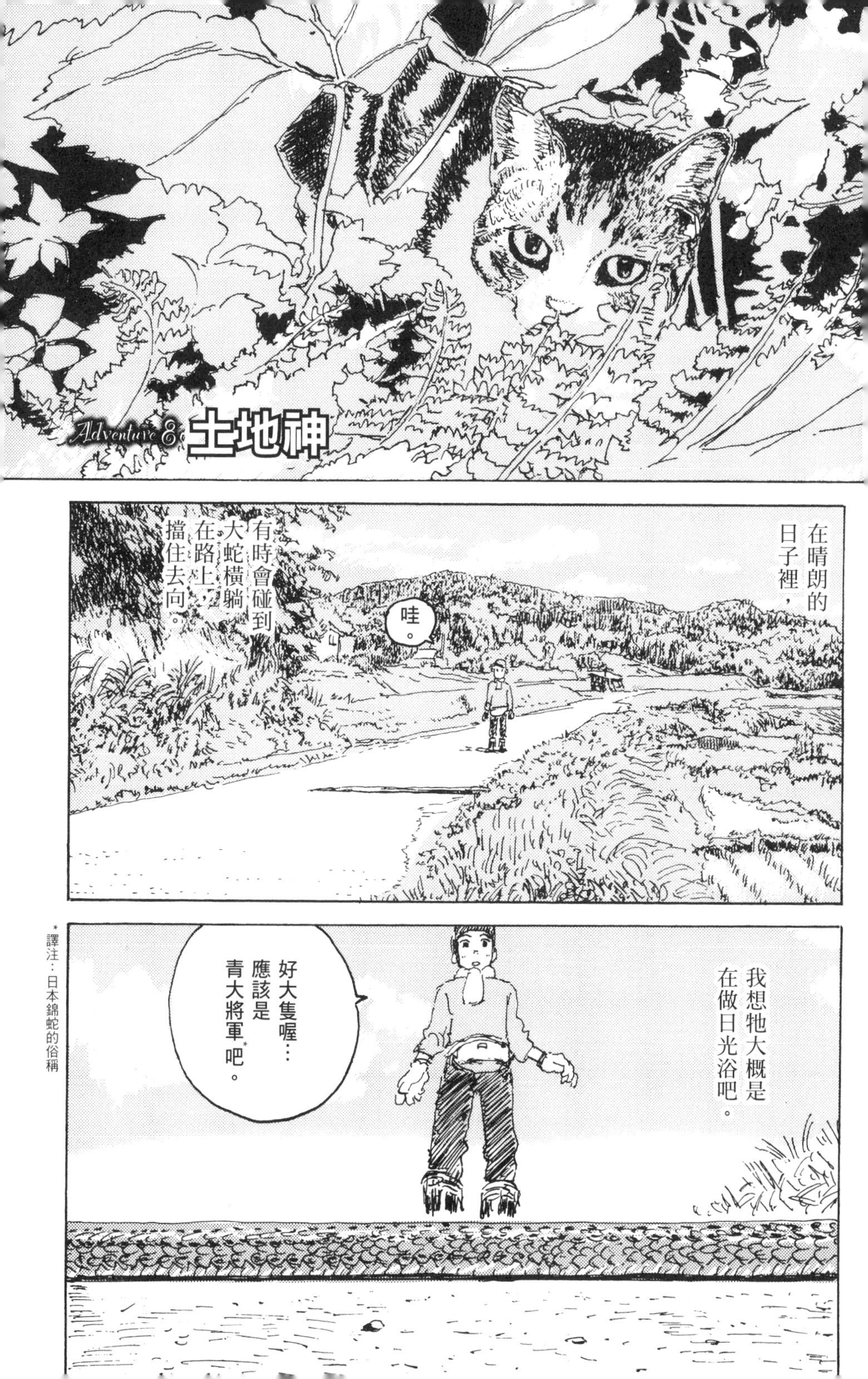
Adventure 8 土地神
在晴朗的日子裡，
有時會碰到大蛇橫躺在路上，擋住去向。
哇。
我想牠大概是在做日光浴吧。
好大隻喔…應該是青大將軍*吧。

*譯注：日本錦蛇的俗稱

「會這麼大喇喇地在馬路上曬太陽的蛇，應該是土地神的化身吧。」
我總是這麼想著，所以都會小心不要驚擾到牠，從旁邊悄悄繞過。
抱歉，打擾您了…
但是，如果在家附近看到這樣的蛇，
我會盡可能請牠們離開。
對不起喔…
因為要是被南瓜看到了，那可不是鬧著玩的。
真的很抱歉…
如果牠出手的對象是錦蛇，那倒是還好，因為錦蛇沒有毒性，
但要是得寸進尺，還去招惹腹蛇那類的毒蛇，那就完蛋了…

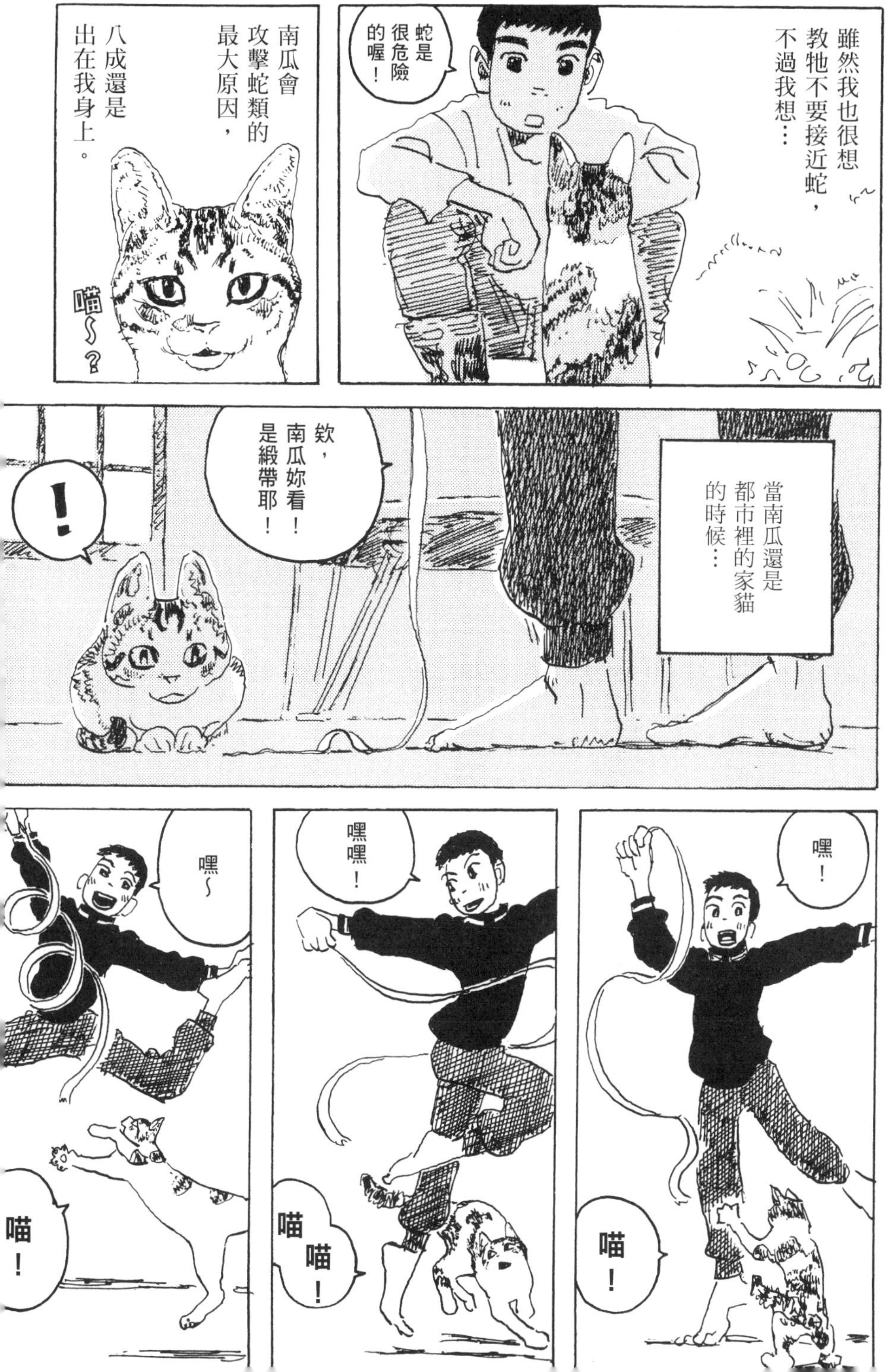
雖然我也很想教牠不要接近蛇，不過我想…
蛇是很危險的喔！
南瓜會攻擊蛇類的最大原因，
八成還是出在我身上。
喵～？
當南瓜還是都市裡的家貓的時候…
欸，南瓜妳看！是緞帶耶！
！
嘿！
喵！
嘿嘿！
喵喵！
嘿～
喵！

唉唷…在那麼窄的屋子裡，要開發牠身為貓的基本能力，我也只能這樣做了嘛…
!
滑行
喵!
我撲
喵喵喵喵喵!
沙沙
鑽入
欸欸…等一下啦…
…
…土地神啊，請您無論如何都要保佑南瓜不要碰上腹蛇啊…

Adventure 9

老鼠

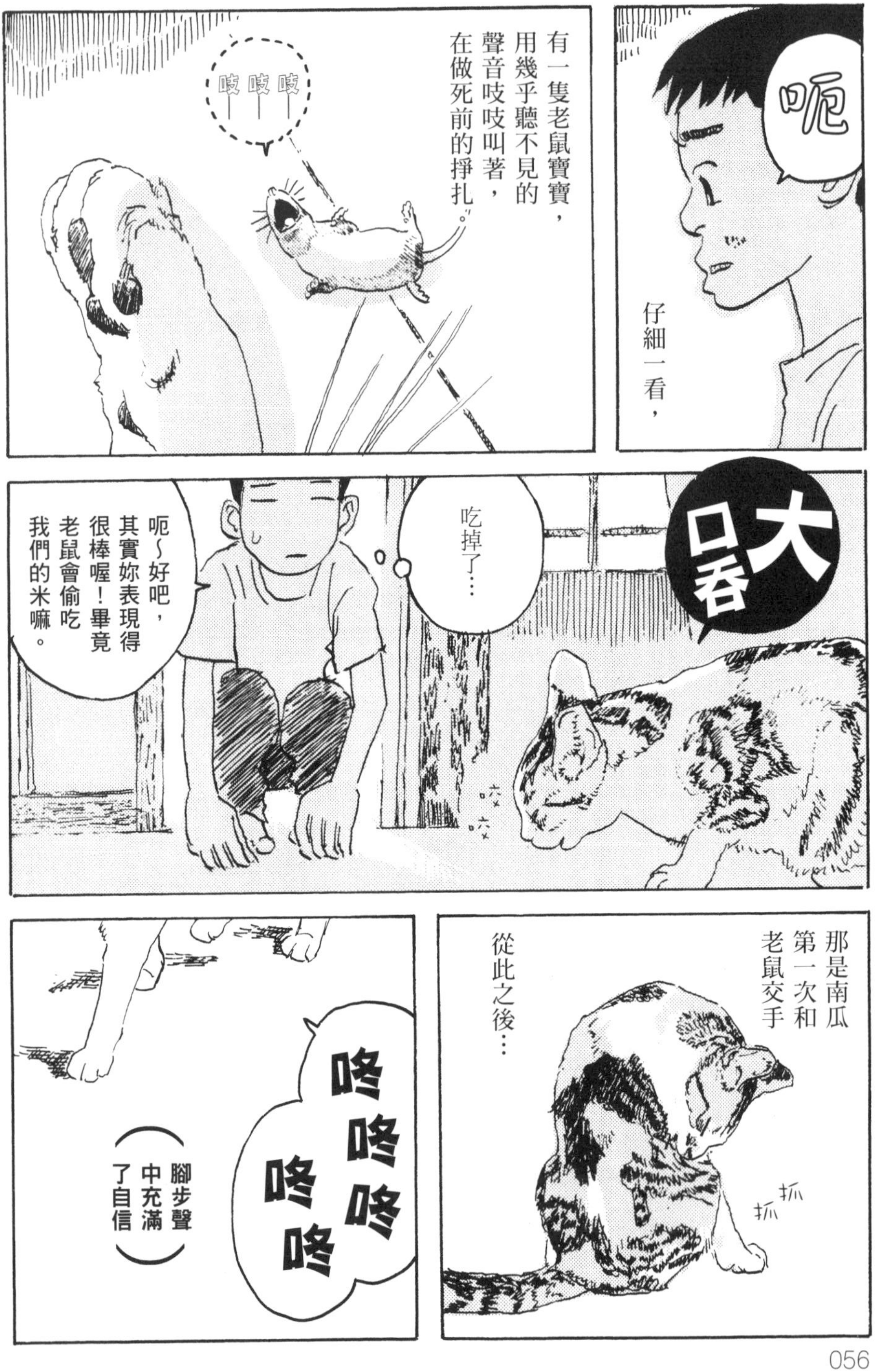
呃
仔細一看，
有一隻老鼠寶寶，用幾乎聽不見的聲音吱吱叫著，在做死前的掙扎。
吱吱吱
大口吞
咬咬
吃掉了……
呃~好吧，其實妳表現得很棒喔！畢竟老鼠會偷吃我們的米嘛。
那是南瓜第一次和老鼠交手
從此之後……
抓抓
咚咚咚咚咚
（腳步聲中充滿了自信）

啊，果然又抓到了……
咚咚咚
南瓜會把老鼠活生生地抓過來，
而且一定會偷偷瞄一下我這邊。
刻意在我附近玩起貓抓老鼠的遊戲。
喵！
好啦，或許在這裡，牠才能安心地玩吧……
不過基本上，此時老鼠的行動都已經很遲緩了。
是因為受傷了，還是因為太過害怕呢……
幾乎動也不動
接著就會傳來一陣瘋狂的聲音……
咕嚕
噗啾
狂吃猛吞
咔滋喀滋
……
一開始還會吃得乾乾淨淨、不留痕跡，
但漸漸地，內臟類的就不吃了，
我想可能是因為那部位很難吃吧。
…… ……
之前還會擺出這種表情咧
所以之後的打掃就是我的工作啦。
看是要埋起來還是要燒掉。
掃掃
公主殿下，您吃飽了沒呀……

有時牠會馬上又抓來一隻…
喵！
還、還來啊!?
嘰
欸欸！
雖然特地抓來了老鼠，卻又讓牠逃進櫥櫃的縫隙裡，這種事也是發生過的…
甚至，還吃到吐了。
咳咳咳
八成又跟之前一樣，明明吃過飼料還硬要吃老鼠…
又要掃地了…
所以囉，基於以上種種理由，我對老鼠沒什麼好感，
不過南瓜卻非常非常喜歡老鼠。
當牠盯著地面，豎耳傾聽，大概就是…
……
喳答答答答…

南瓜的大冒險

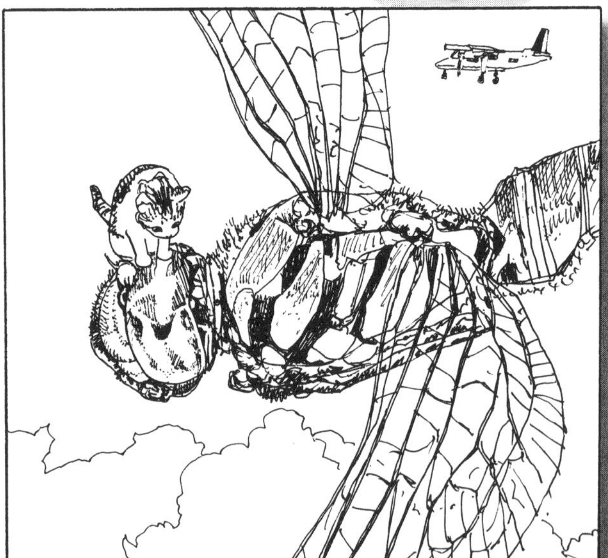

Adventure 10

哈囉，南瓜

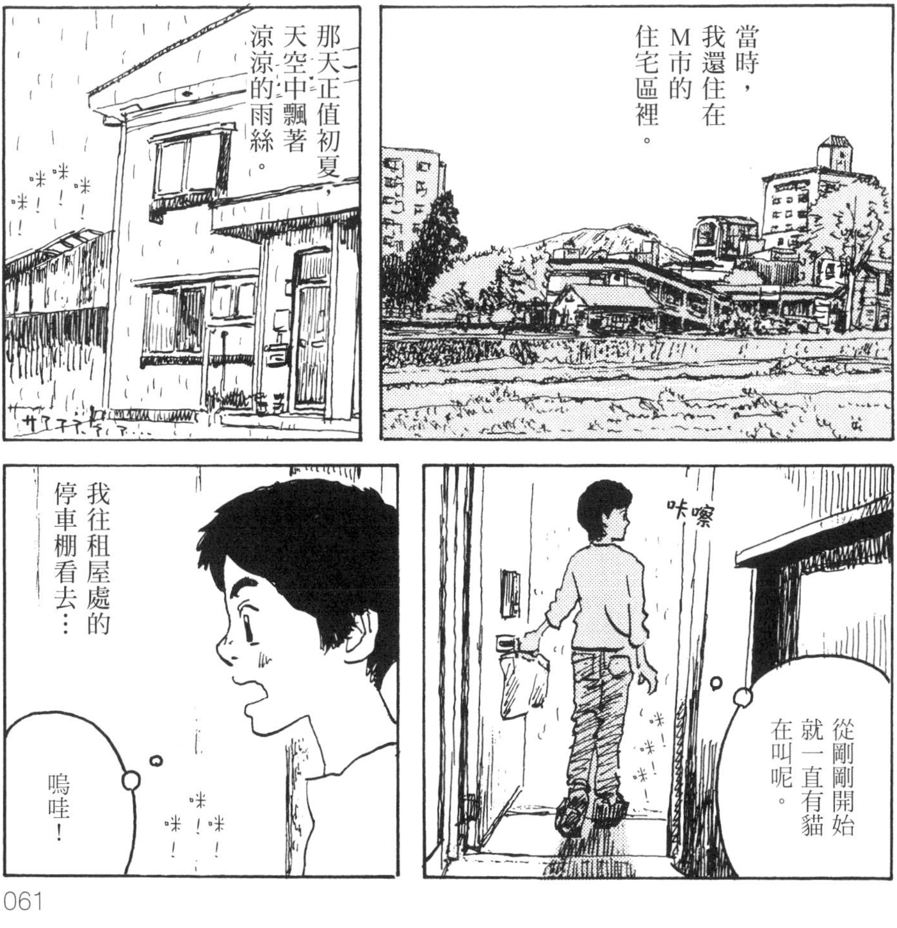

當時，我還住在M市的住宅區裡。
那天正值初夏，天空中飄著涼涼的雨絲。
咪！咪！咪！
咔嚓
咪！咪！咪！
從剛剛開始就一直有貓在叫呢。
我往租屋處的停車棚看去…
嗚哇！
咪！咪！咪！

好小的貓喔！
咪——！
咪——！
連眼睛都還沒張開耶…
咪——！
咪——！
咪——！
咪——！
我最害怕的事情終於發生了…
原本打算不養寵物的，
咪！
咪！
咪！
要是養了，就沒辦法輕輕鬆鬆去旅行了啊。
咪！
咪！
咪！
咪！
母貓一定很快就會來接妳了…
加油！撐到媽媽來吧！
咪！
咪！
咪！
…要是一直這樣叫下去…
…牠還那麼小，體力很快就會消耗完了吧…
咪！
咪！
咪！
咪！
咪！
咪！
但母貓卻遲遲沒有出現。

今天天氣又這麼冷…
颼颼
咪！咪！咪！咪！
唉唉，不可以不可以，現在要是一時衝動撿了牠，
換來的就是至少十年不自由的生活啊…
…至少幫牠擋擋風吧…
咪－！咪－！咪－！咪－！咪－！
………
咪！咪！咪！咪！
啊～～糟了！
我這樣做，母貓說不定反而會產生戒心，就不敢過來了…
沙沙沙
咪－！咪－！咪－！咪－！
好，先冷靜下來…
好好想想…想個辦法…
該怎麼做比較好啊…
……

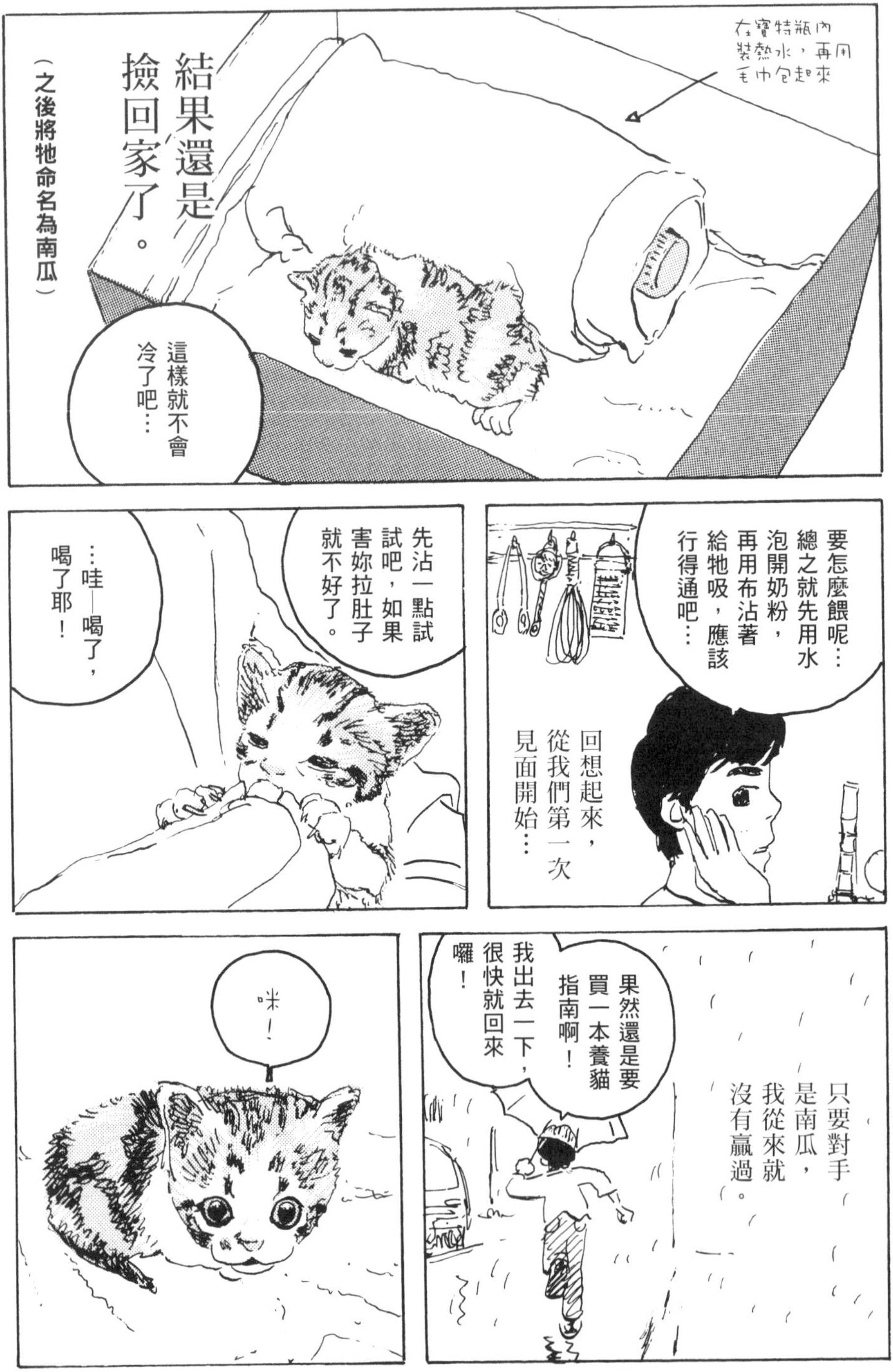
在寶特瓶內裝熱水，再用毛巾包起來
結果還是撿回家了。
（之後將牠命名為南瓜）
這樣就不會冷了吧…
要怎麼餵呢…總之就先用水泡開奶粉，再用布沾著給牠吸，應該行得通吧…
回想起來，從我們第一次見面開始…
先沾一點試試吧，如果害妳拉肚子就不好了。
…哇—喝了，喝了耶！
只要對手是南瓜，我從來就沒有贏過。
果然還是要買一本養貓指南啊！
我出去一下，很快就回來囉！
咪！

Adventure 11
貓語

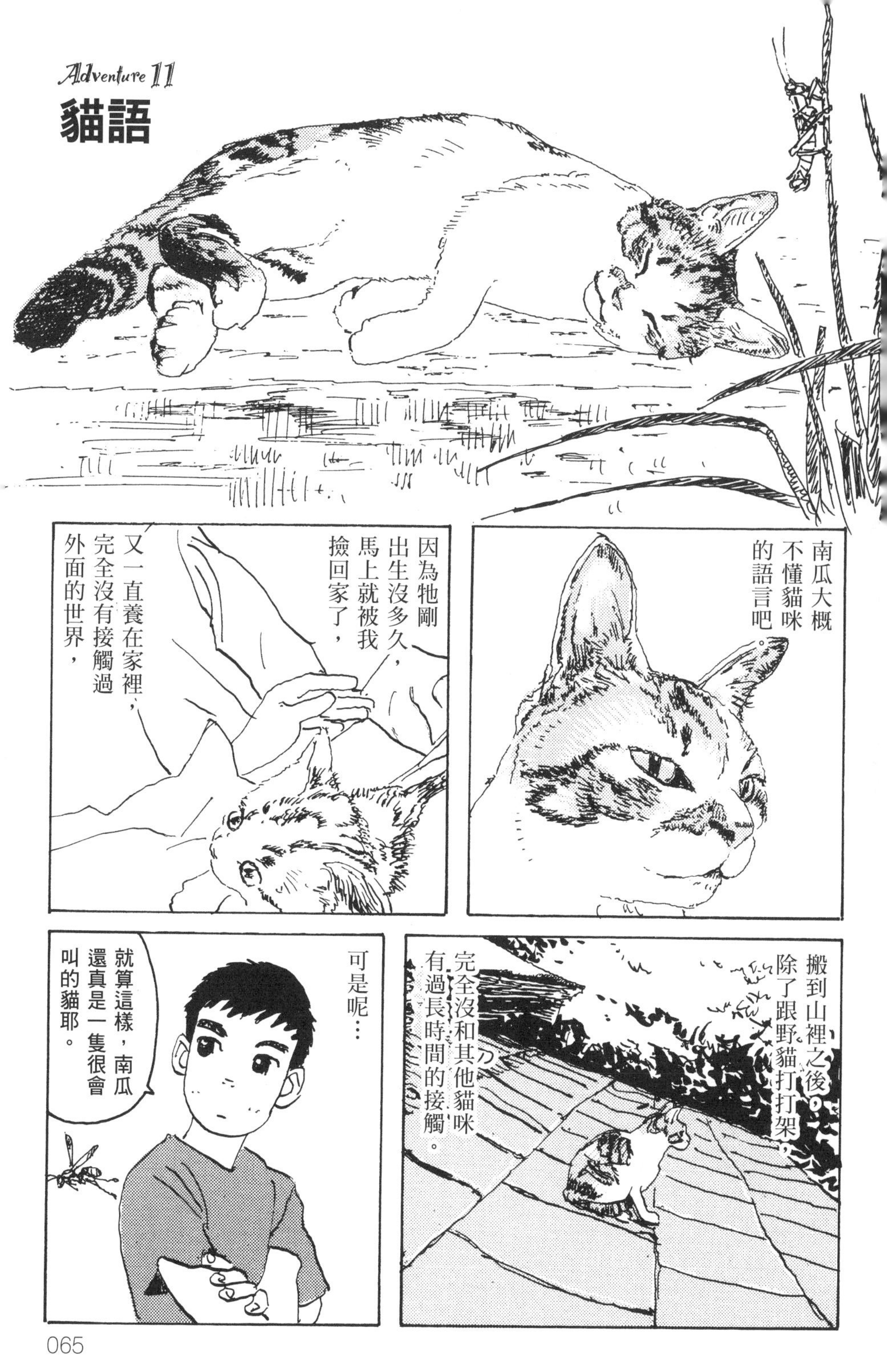
南瓜大概不懂貓咪的語言吧。
因為牠剛出生沒多久，馬上就被我撿回家了，
又一直養在家裡，完全沒有接觸過外面的世界，
搬到山裡之後，除了跟野貓打打架，
完全沒和其他貓咪有過長時間的接觸。
可是呢⋯⋯
就算這樣，南瓜還真是一隻很會叫的貓耶。

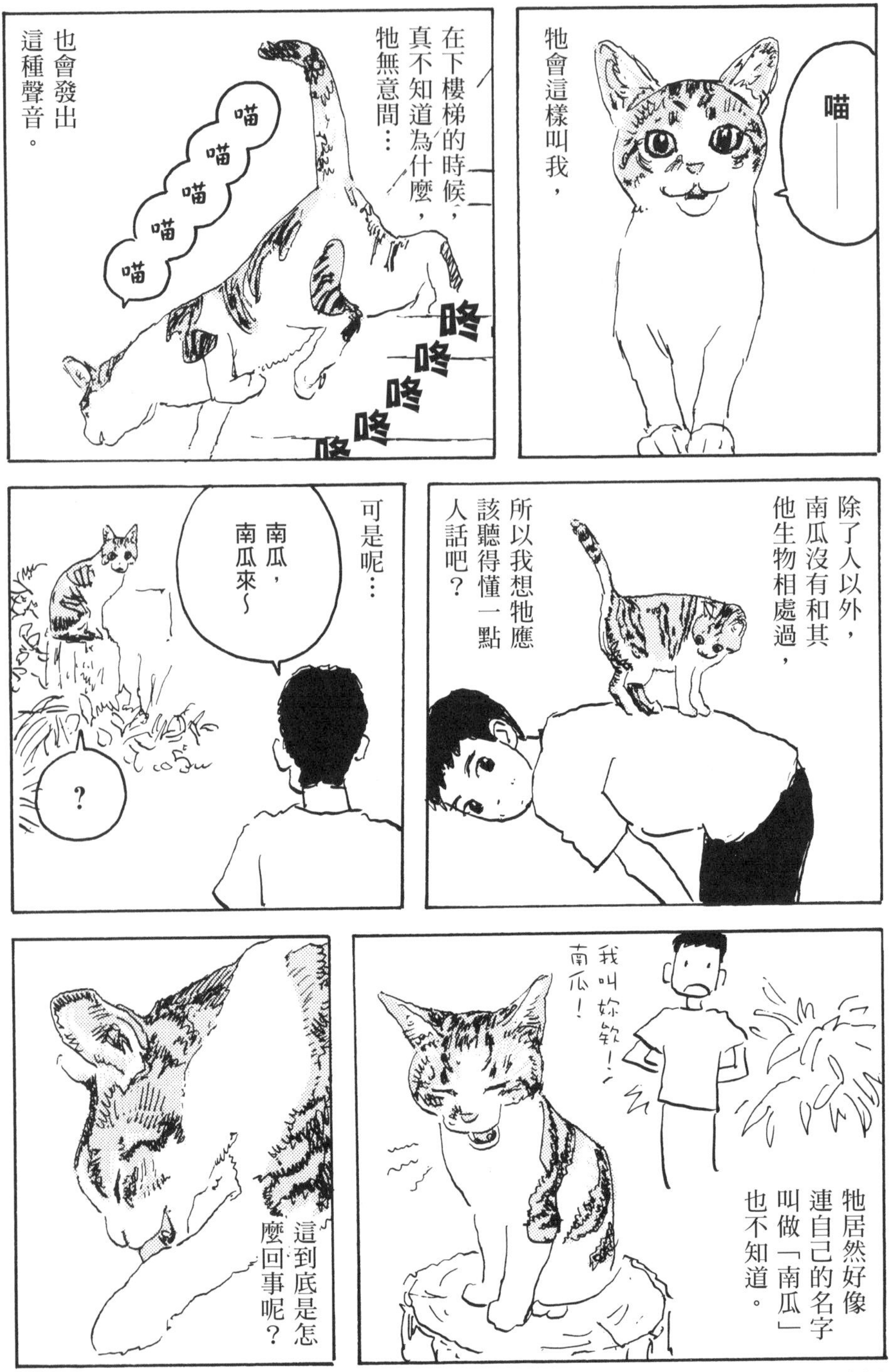

喵——
牠會這樣叫我，
在下樓梯的時候，真不知道為什麼，牠無意間…
也會發出這種聲音。
喵喵喵喵喵
咚咚咚咚咚
除了人以外，南瓜沒有和其他生物相處過，
所以我想牠應該聽得懂一點人話吧？
可是呢…
南瓜，南瓜來～
？
我叫妳欸！南瓜！
牠居然好像連自己的名字叫做「南瓜」也不知道。
這到底是怎麼回事呢？

喵~
喵~?
喵
喵啊
喵啊
喵—!
喵—!
喵
喵啊~
……
等等!?
不管是跟南瓜講話、回應牠、還是叫牠的時候,我一直都是用「喵~」的聲音在跟牠溝通啊!!

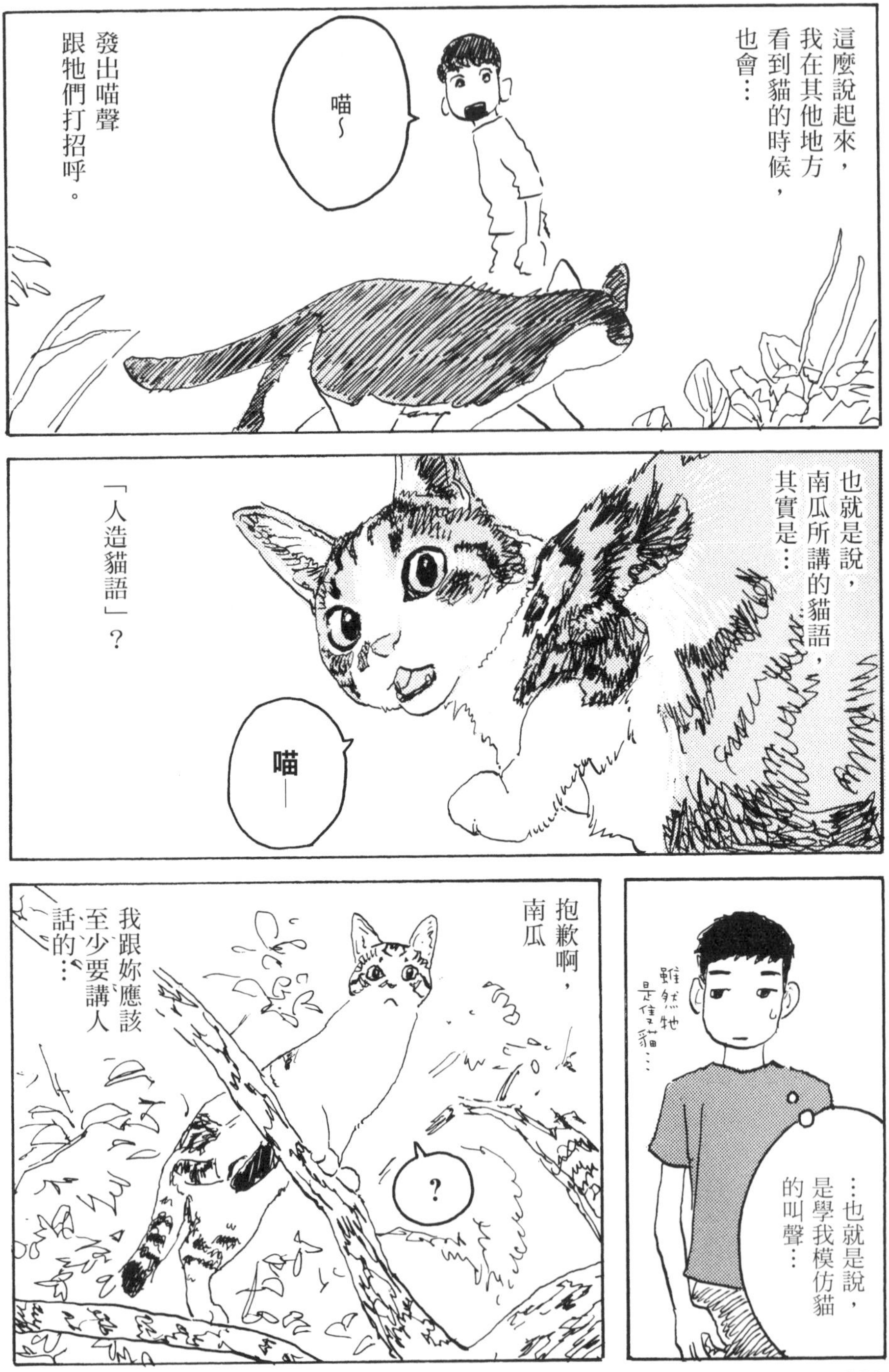

這麼說起來，我在其他地方看到貓的時候，也會…
喵～
發出喵聲跟牠們打招呼。
也就是說，南瓜所講的貓語，其實是…
「人造貓語」？
喵——
雖然牠是隻貓…
…也就是說，是學我模仿貓的叫聲…
抱歉啊，南瓜
我跟妳應該至少要講人話的…
？

Adventure 12
貓手

舔
舔
「忙到要向貓咪借手」*，
有個俗諺是這麼說的。
唰
唰
唰
農家生活十分忙碌，比方說為了準備過冬，就忙得一刻也不得閒！光是割稻，也相當耗體力。

咬咬，咬
不過我才
不需要借
什麼「貓手」
呢！
將割下的稻穗立成
棒狀後曬乾稻米，*
諸如此類的工作等，
事情真是一件
接著一件來。
呼哇啊
但相較之下，
貓在腳邊走來走去
才是最麻煩的。
別過來
纏著我！
這樣我沒
辦法工作！

*譯注：東北地區的天然曬穀法，名為「ほんにょ」，因外型似仁王持棍站立而得名。

曬好後先脫穀，再精製成白米，乾燥的稻稈也要加以保存。
準備冬天要燒的木柴，
嗡嗡嗡嗡
儲存採收的蔬菜等……
嗚——
真的有累到…
嗯～～～
輕跳

喵！
踩
上
啊…
揉
啊啊，就是那裡！
對對對！
那裡那裡！
揉揉
咦，
這樣就要走啦？
咚
再按一下嘛！
喂，南瓜！別走啦…

南瓜
的
大冒險

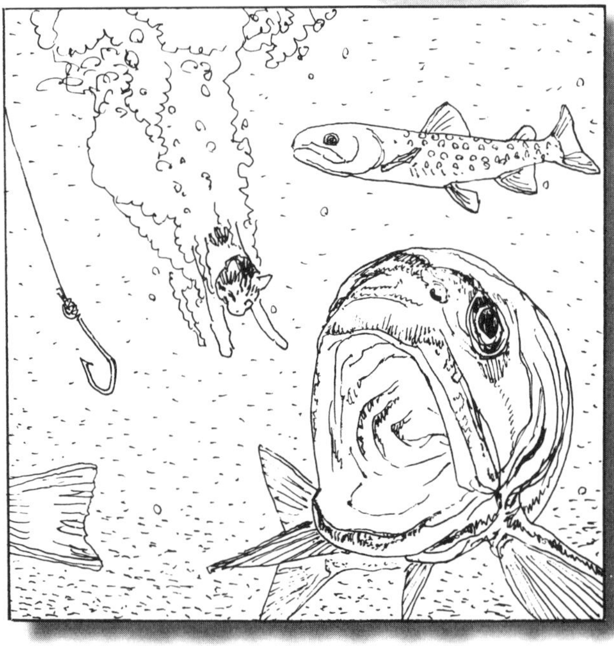

喵——!
喵——!
Adventure 13
南瓜與我 Part II
喵—
喵—
南瓜又在叫了……
八成覺得只要一叫，我就一定會過去吧……

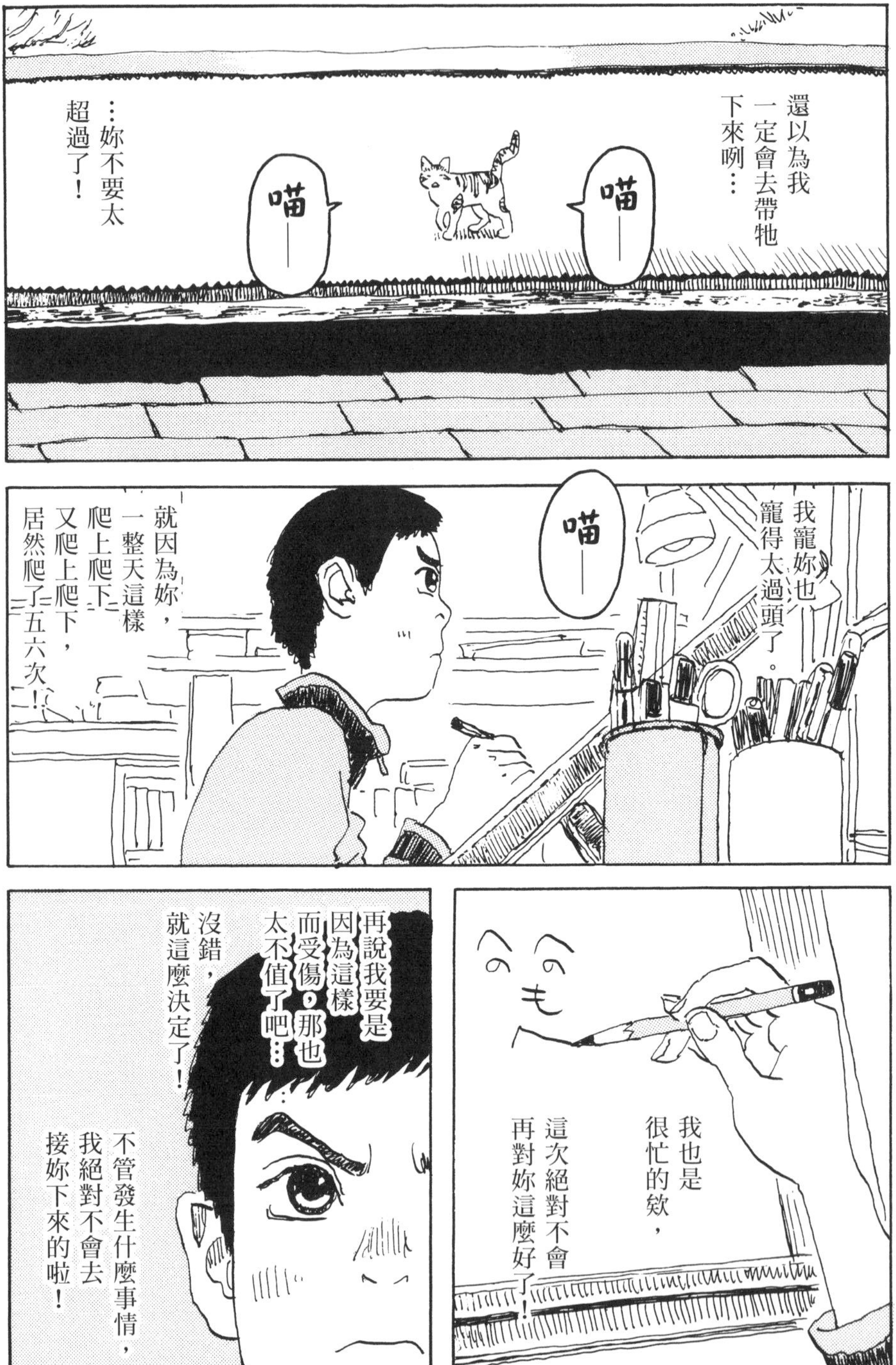
還以為我一定會去帶牠下來咧……
喵——
喵——
……妳不要太超過了！
我寵妳也寵得太過頭了。
喵——
就因為妳，一整天這樣爬上爬下又爬上爬下，居然爬了五六次！
我也是很忙的欸，
這次絕對不會再對妳這麼好了！
再說我要是因為這樣而受傷，那也太不值了吧……
沒錯，就這麼決定了！
不管發生什麼事情，我絕對不會去接妳下來的啦！

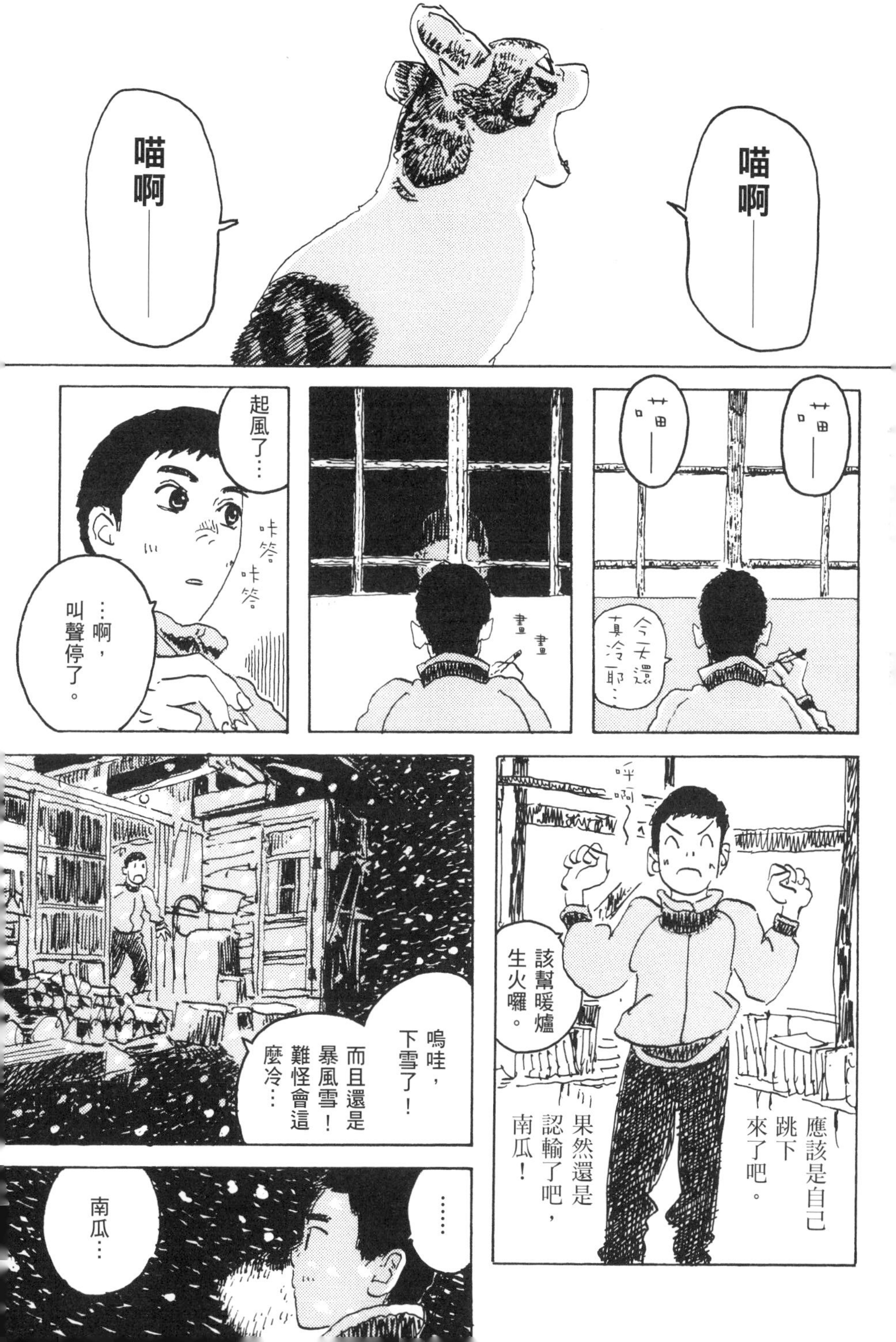
喵啊——
喵啊——
喵——
喵——
今天還真冷耶⋯⋯
畫
畫
起風了⋯⋯
咔答
咔答
⋯啊，叫聲停了。
呼啊
應該是自己跳下來了吧。
果然還是認輸了吧，南瓜！
該幫暖爐生火囉。
嗚哇，下雪了！
而且還是暴風雪！難怪會這麼冷⋯
⋯⋯
南瓜⋯

照
…不會吧？
咻～咻咻咻咻
嗚啊——南瓜！！
妳在幹嘛啦！會冷死啦！
積雪的屋頂是很容易打滑的，但不用說大家也知道，我還是賭上性命爬上去救南瓜了…
南瓜啊～～
…

Adventure 14
身為飼主

我家的貓咪南瓜顯得有點興奮。
南瓜！
南瓜一開心，就會爬到樹上，
咔咔
喵~
然後再從樹上，
跳到我們家的鐵皮屋頂。
咚隆！
啊，笨蛋！

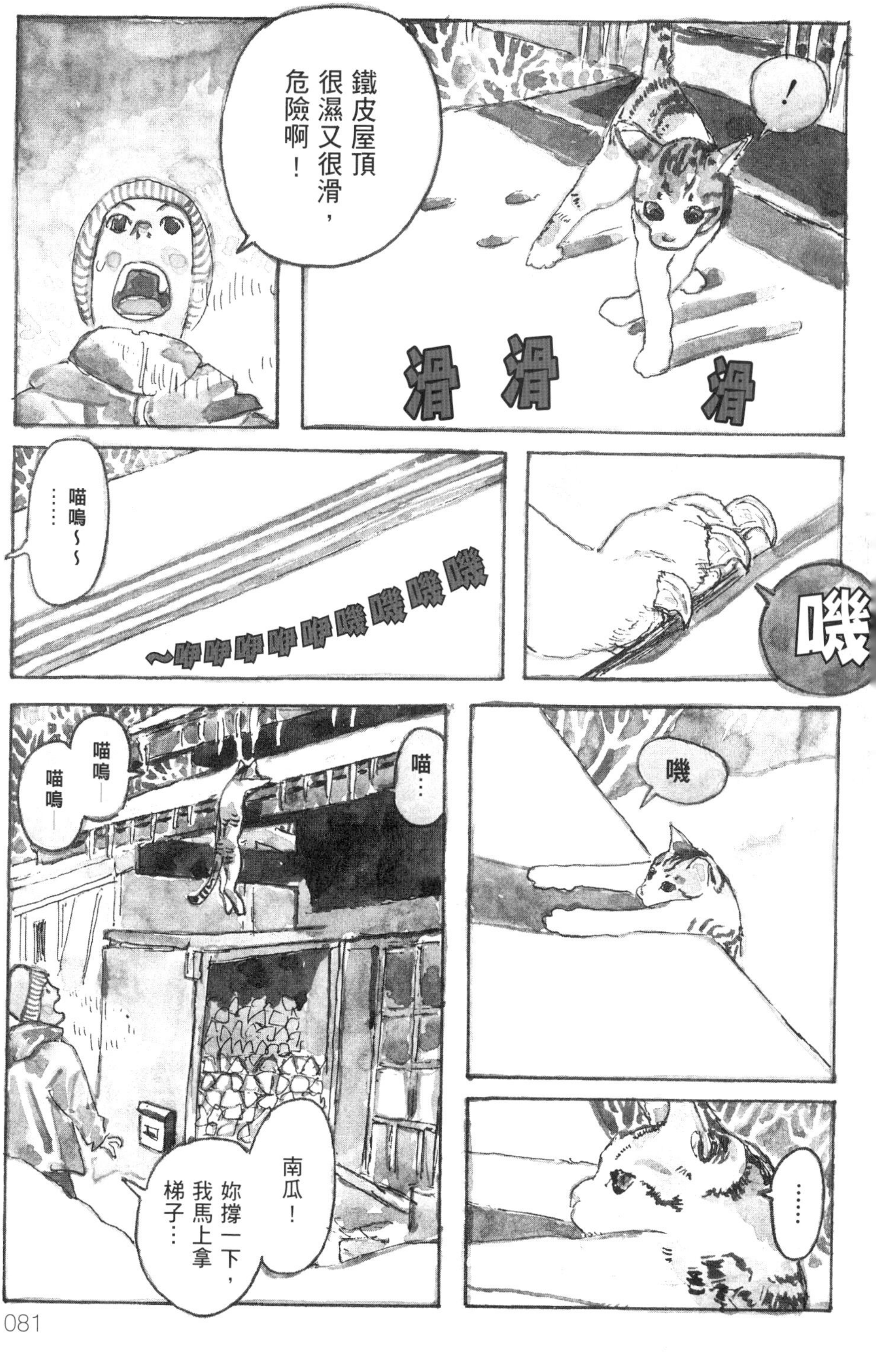
!
鐵皮屋頂很濕又很滑，危險啊！
滑滑滑
嘰
喵嗚～～……
～咿咿咿咿咿嘰嘰嘰嘰
嘰
喵……
喵嗚——喵嗚——
……
南瓜！妳撐一下，我馬上拿梯子…

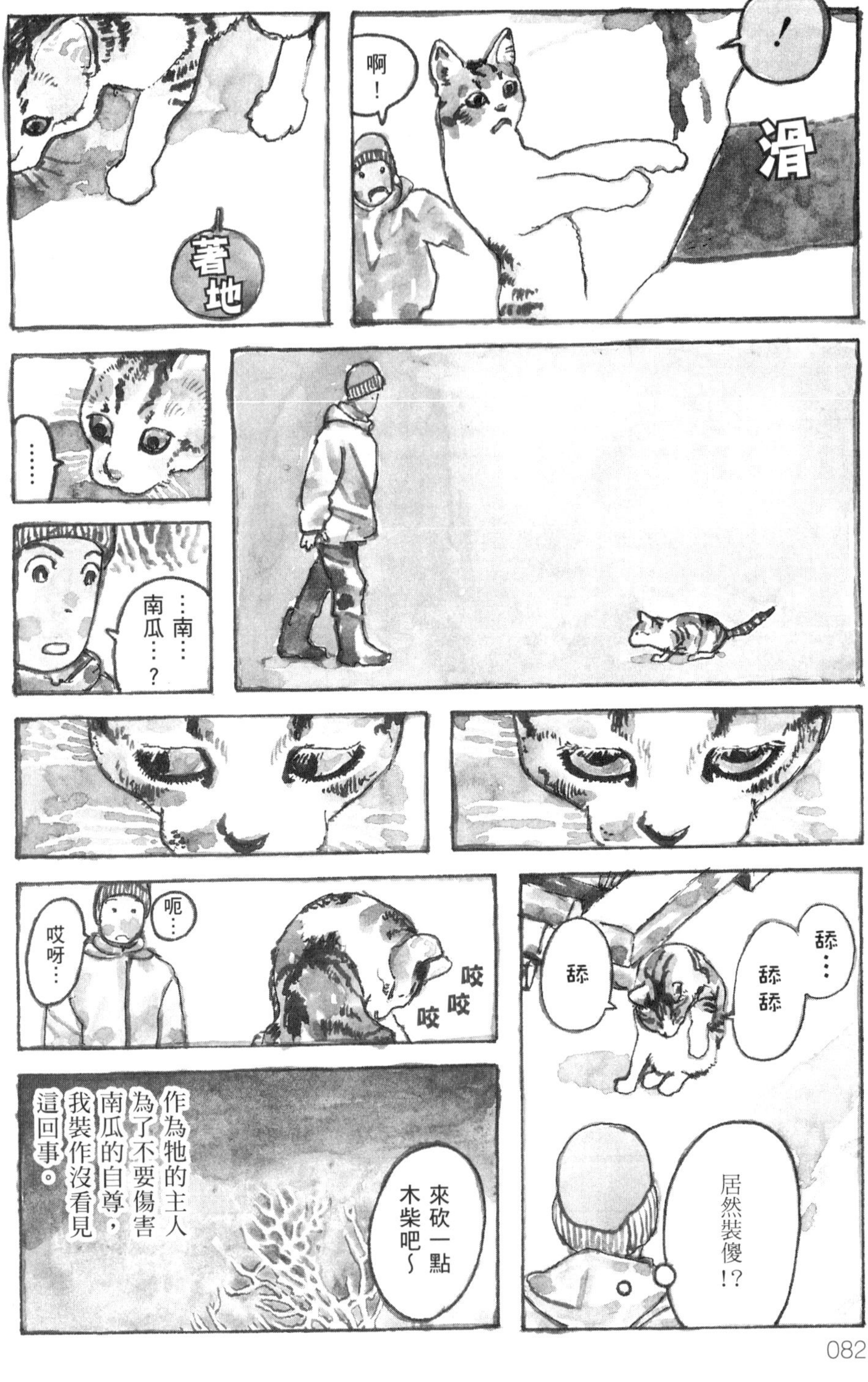

！
滑
啊！
著地
……南……南瓜……？
……
呃……
哎呀……
咬
咬
咬
舔……
舔舔
舔
居然裝傻!?
來砍一點木柴吧～
作為牠的主人
為了不要傷害
南瓜的自尊，
我裝作沒看見
這回事。

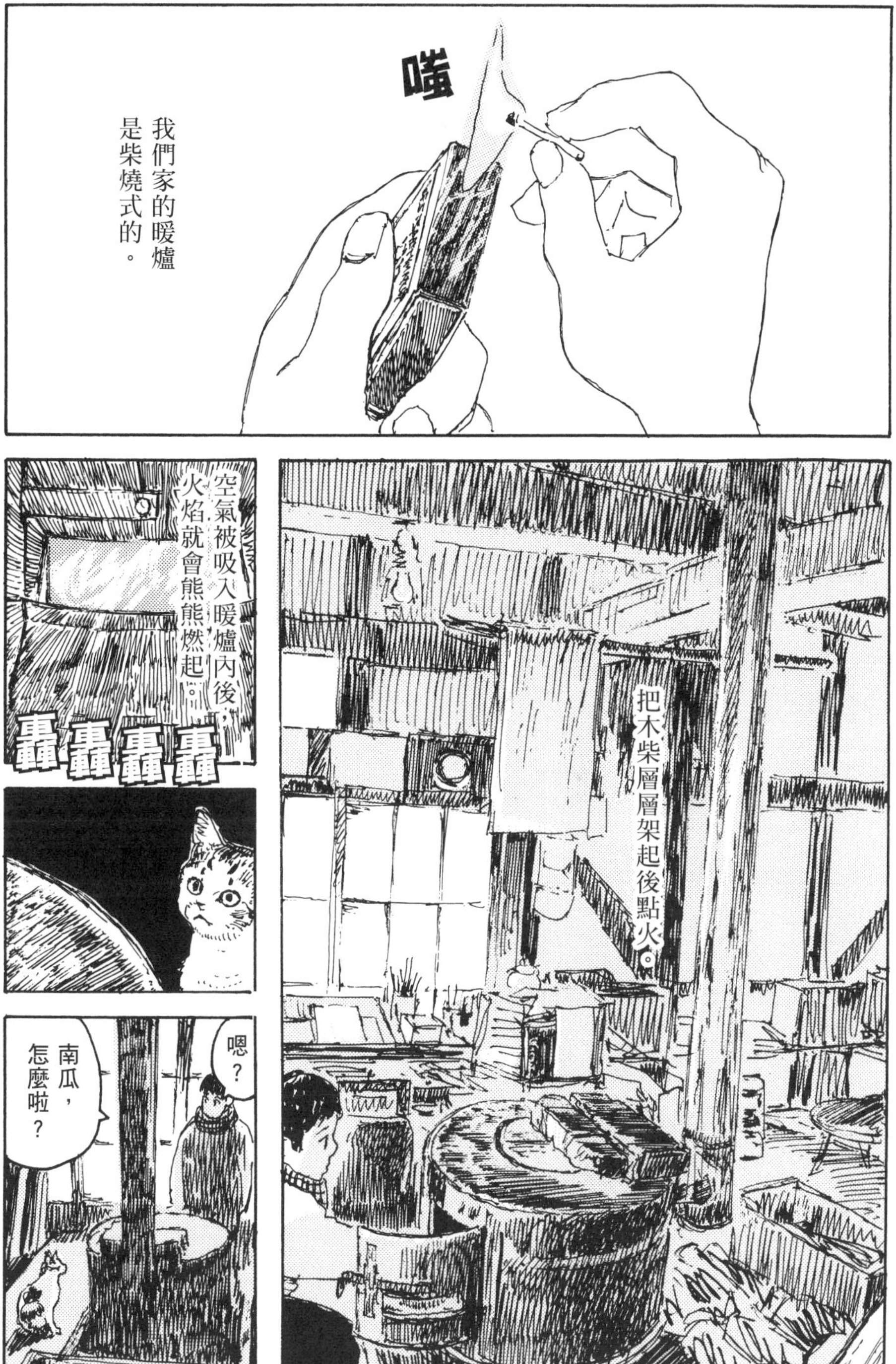
嗤
我們家的暖爐是柴燒式的。
把木柴層層架起後點火。
空氣被吸入暖爐內後，火焰就會熊熊燃起。
轟轟轟轟
嗯？
南瓜，怎麼啦？

轟轟轟轟
……
…妳該不會…
我跳！
嗚哇啊啊啊！
蠢爆了！
……！
大笨蛋！
揮
是暖爐還沒熱起來嗎？
之後我看了看牠的肉球，還好一點傷痕也沒有，真是鬆了一口氣。
不過身為牠的主人，我當然還是先罵了牠一頓！

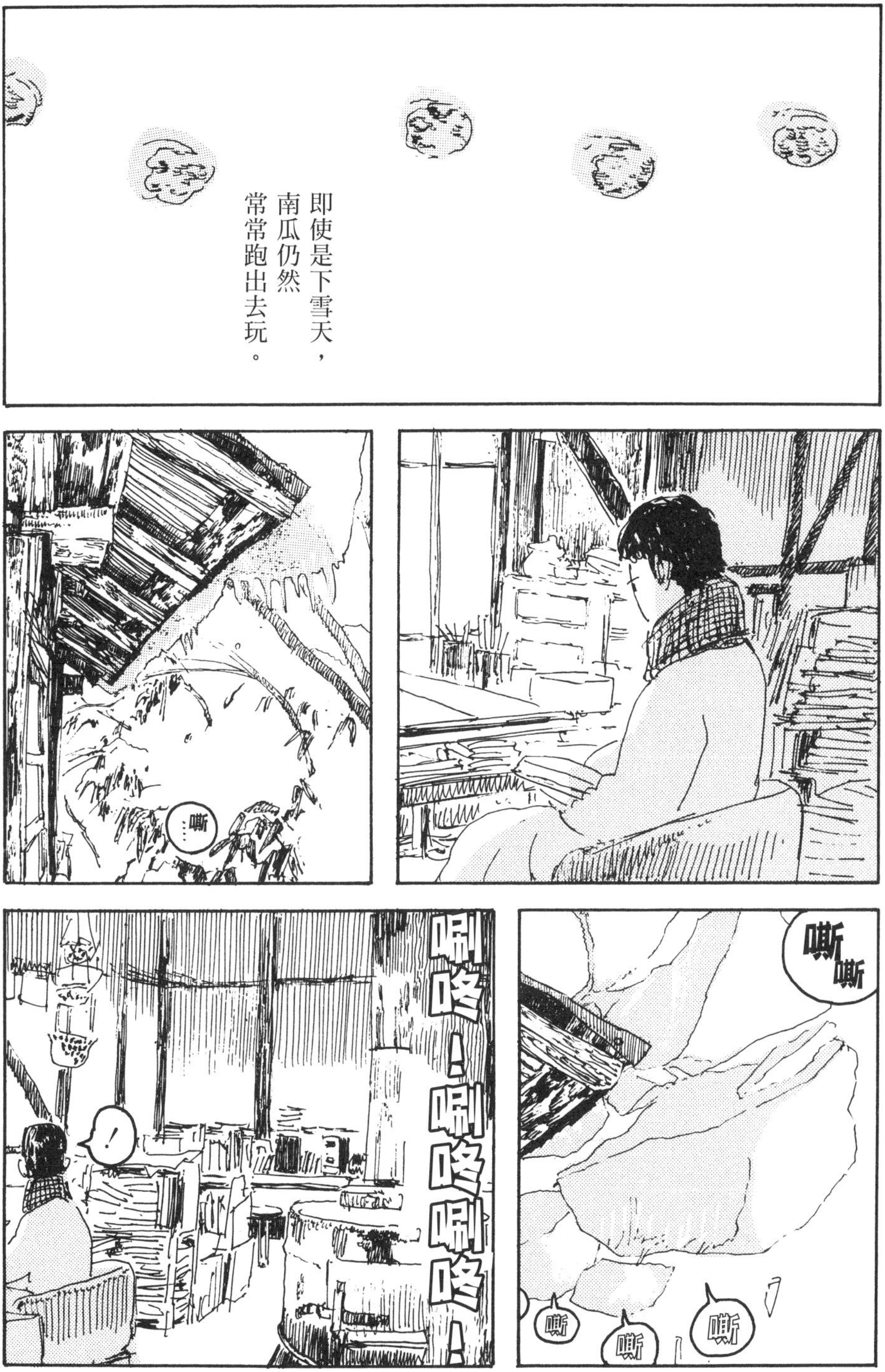
即使是下雪天，
南瓜仍然
常常跑出去玩。
嘶……
嘶
嘶
嘶
嘶
嘶
唰咚！唰咚唰咚唰咚！
！

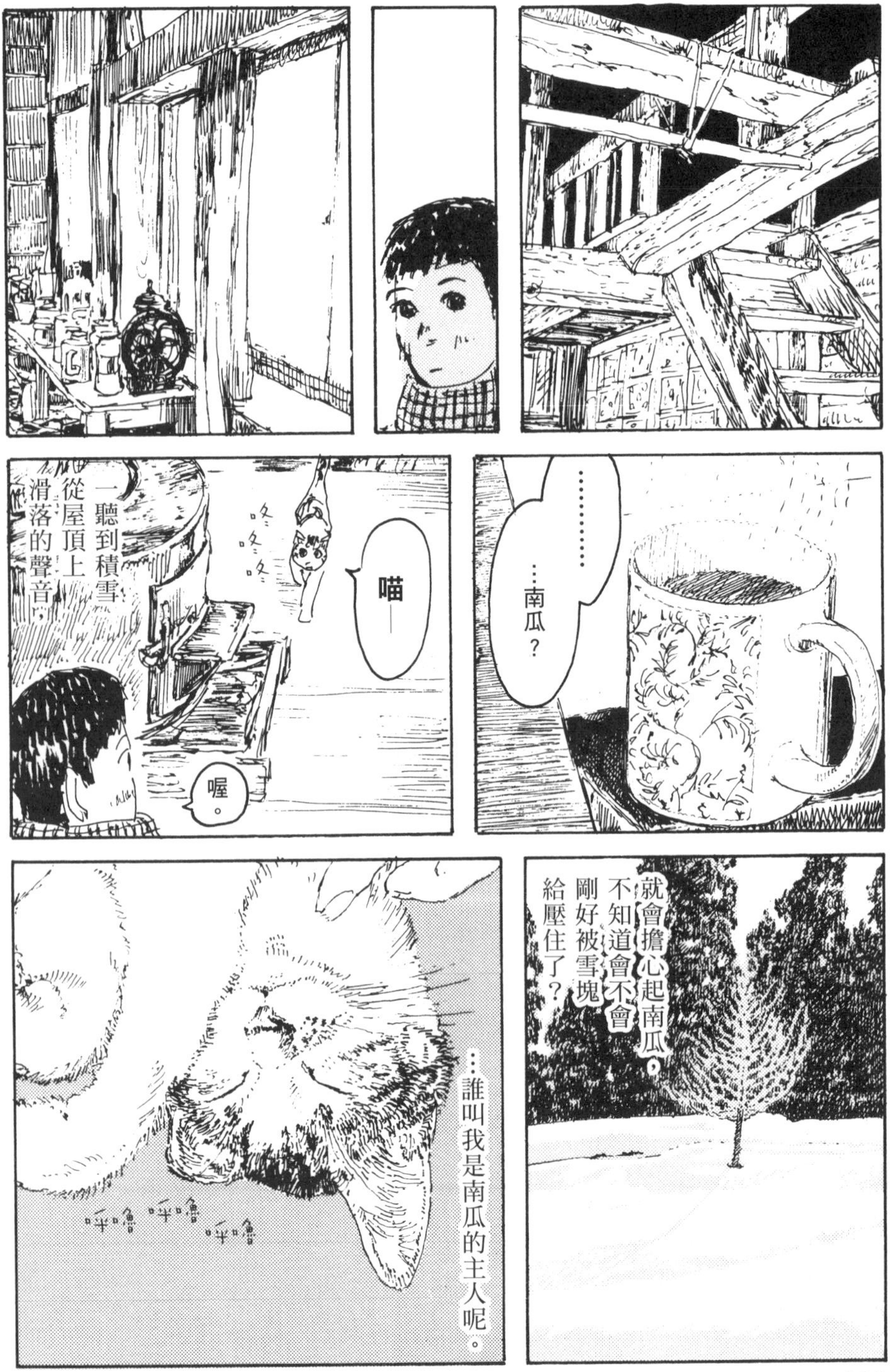
……
…南瓜？
一聽到積雪從屋頂上滑落的聲音，
咚咚咚
喵——
喔。
就會擔心起南瓜，不知道會不會剛好被雪塊給壓住了？
…誰叫我是南瓜的主人呢。
呼嚕呼嚕呼嚕

南瓜的大冒險

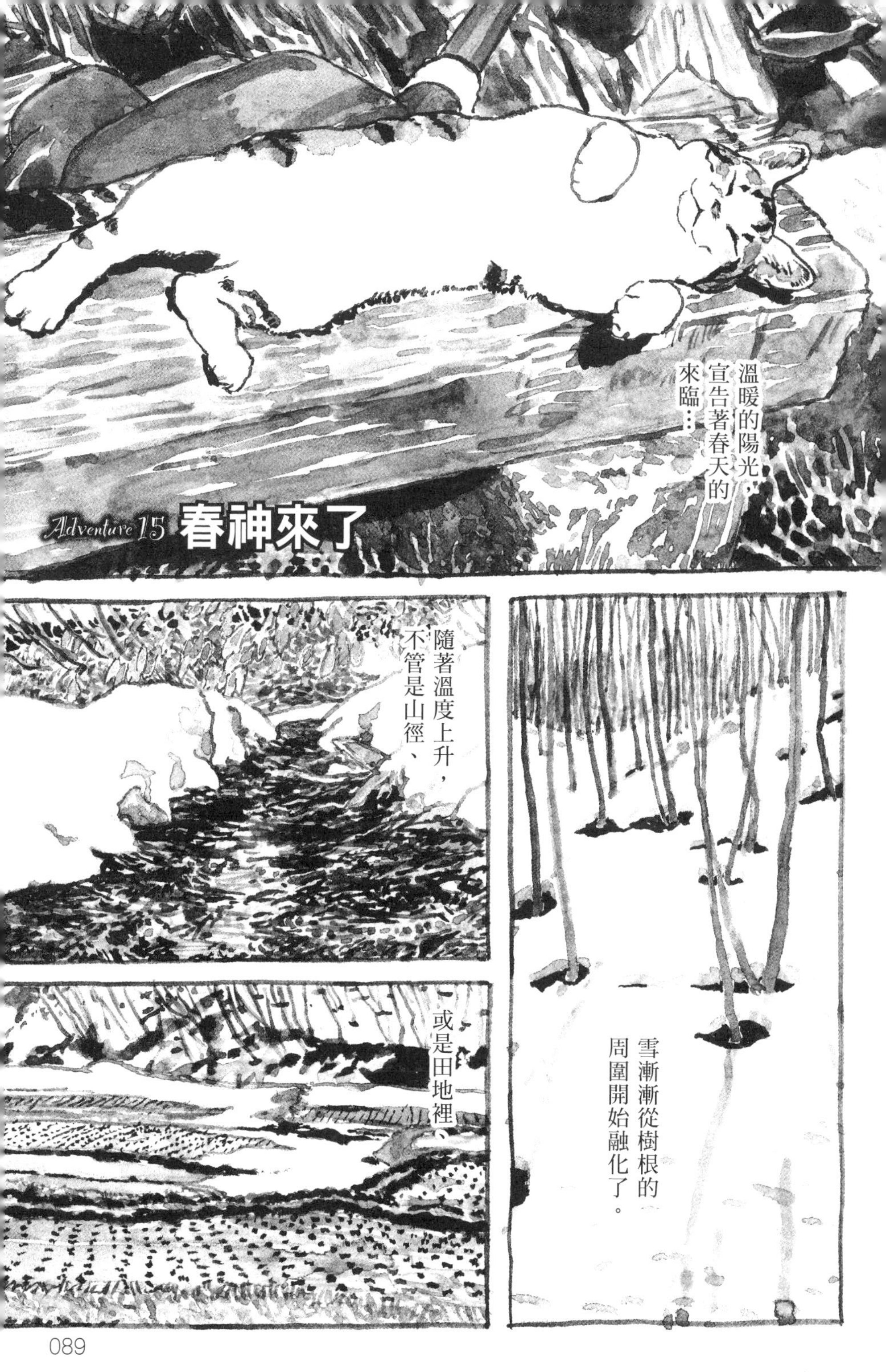

溫暖的陽光，
宣告著春天的
來臨……
Adventure 15 春神來了
隨著溫度上升，
不管是山徑、
雪漸漸從樹根的
周圍開始融化了。
或是田地裡、

還有我家的四周，都充滿了和著雪水的爛泥巴。
喵♪
噠噠噠
喵～

喵~
哇，南瓜！妳怎麼全身都是泥巴！
這樣會感冒哦！
等一下，我拿個毛巾…
喵~
咦？啊？
喵~
妳可不要…
抖甩抖甩抖甩
哇啊—
大笨蛋——！我的原稿啦！！

唉唷……
喵～
真是的～……妳看啦！好啦我幫妳擦乾淨，不要亂動喔。
即使如此，春天的到來，
還是令人感到非常地開心。
喵喔♪

抓抓
Adventure 16 天敵
在北方的山上，春天來得較遲…
喵～吼!!
喵啊～!
那天早上，我是被貓叫聲吵醒的。
吵死了…

南瓜這小傢伙也能發出這麼渾厚的聲音啊……
喵喵~喔喔啊啊！
牠在嚇誰？是有什麼東西跑進來了嗎……是狸貓還是……
啊。
該不會是熊吧!?
喵嘎
什麼啊，原來是貓。
喵~
……這貓還真像我們家南瓜耶……
……
……呃，南……南瓜？
喵~
喵嘎啊~~~~~~~~
你你你……誰啊！
好大隻!!

怎麼反而是南瓜被趕跑了！
立場顛倒了吧！
？
欸欸欸，走開！快出去！
咚答答
喂，快走開啦！
…
啊，還給我在木柴上撒尿！！
喵
南瓜，很害怕嗎？
…妳很弱耶…
貓，就是南瓜的天敵。
喵～

幾天後。
又來了？
南瓜被大貓逼到了樹梢上。
喵～
喵喔——
喵～！
欸欸欸！！
喵吼！
那隻大貓說不定在我們搬來之前，是住在這裡的……
南瓜呀，要變得更強一點才行啊。
因為妳很瘦小啊。
喵～

巨大三花貓之後就沒再出現了，可是……
哇，飼料又沒了。
最近南瓜的食量變得真大耶…
不知道身體會不會跟著長大一點啊。
倒出
大口吃
瘋狂吃
我本來以為是這樣的…
嘎嘎嘎嘎
吃得也太猛了吧…
南瓜，飼料夠嗎…
嘎哩嘎啦
嘎啦
嚼嚼
!
啊，你，你又是誰啊!?
溜!

猛吃
狂吃
不管我怎麼趕，這隻橘色虎斑貓還是會來偷吃飼料。
溜
喂，你又來了！
那隻貓完全沒有把南瓜看在眼裡吧……
南瓜，妳要爭氣點啊！
……
之後，某一天，地板下傳來了聲音……
嗚～～～
喵～喔
喵嗚嗚嗚
南瓜…還真的拿出幹勁來了啊？
喵～吼啊
會不會出事啊…可是小孩子打打架，大人還插手，也太多管閒事了吧…

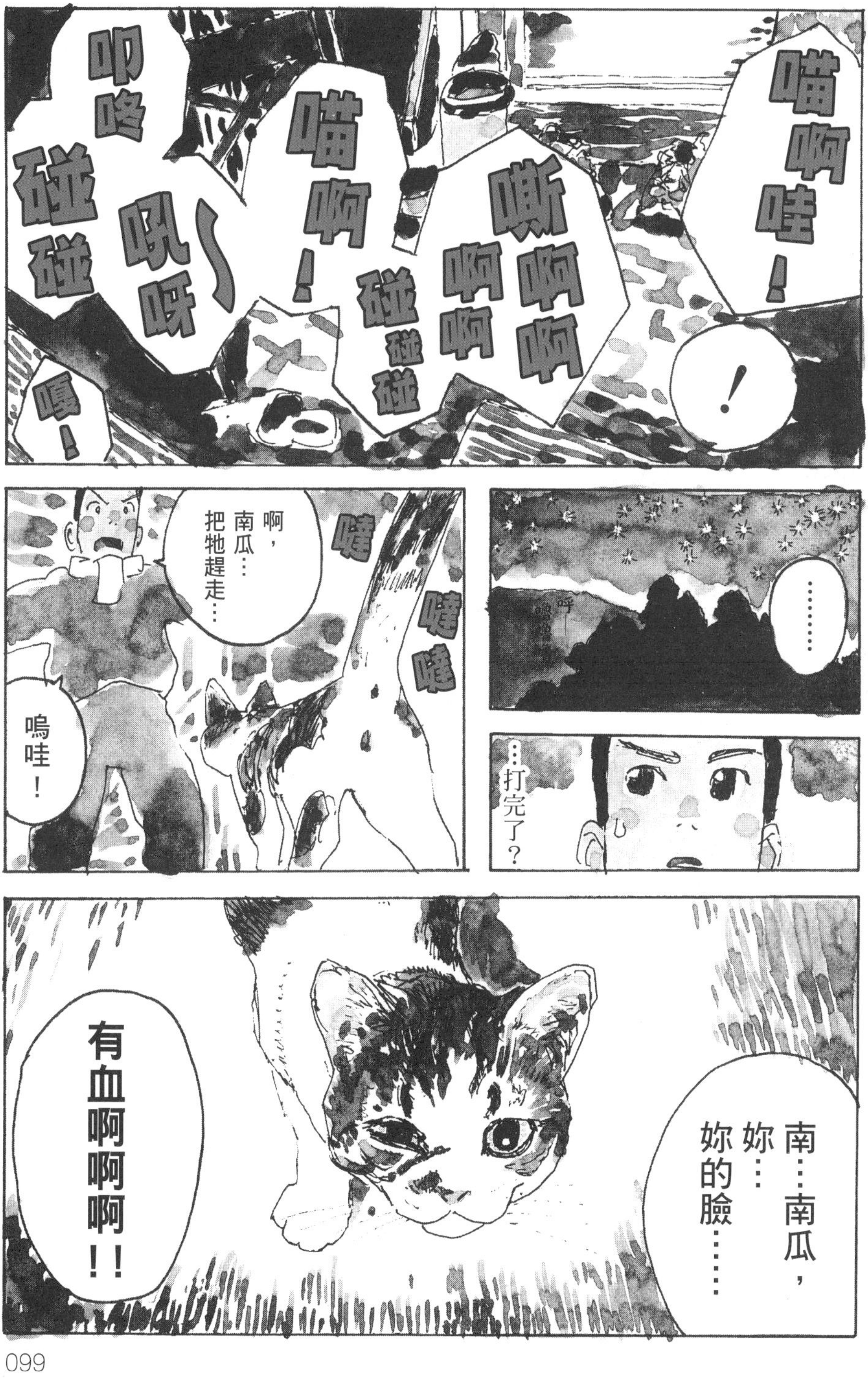

譯注：貓頭鷹叫聲

……
還好沒傷到眼睛啊…
不過，妳表現得很好喔。
很帥！
挺身對抗比自己強壯的對手…
妳變勇敢了呢。
雖然打了一架，橘虎斑還是常常跑來偷吃飼料。
猛吃猛吃
欸，妳還來啊！
當時南瓜所受的傷，現在還留著淡淡的疤痕。

南瓜的大冒險

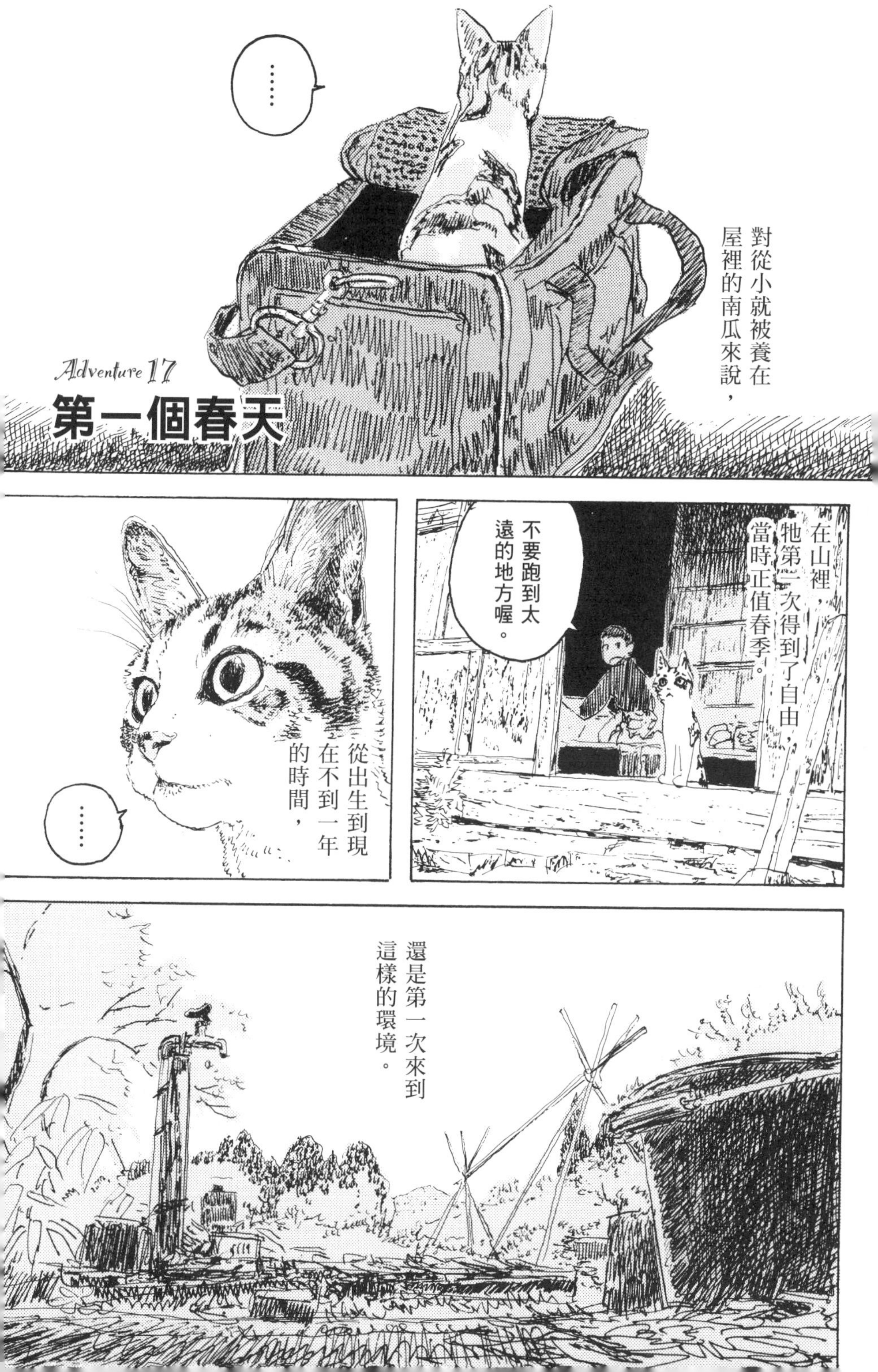
對從小就被養在屋裡的南瓜來說，
……
Adventure 17
第一個春天
在山裡，牠第一次得到了自由，當時正值春季。
不要跑到太遠的地方喔。
從出生到現在不到一年的時間，
……
還是第一次來到這樣的環境。

嗡
到處都是沒看過的動物和植物，
四周也充斥著各式各樣的，
未曾聞過的氣味。

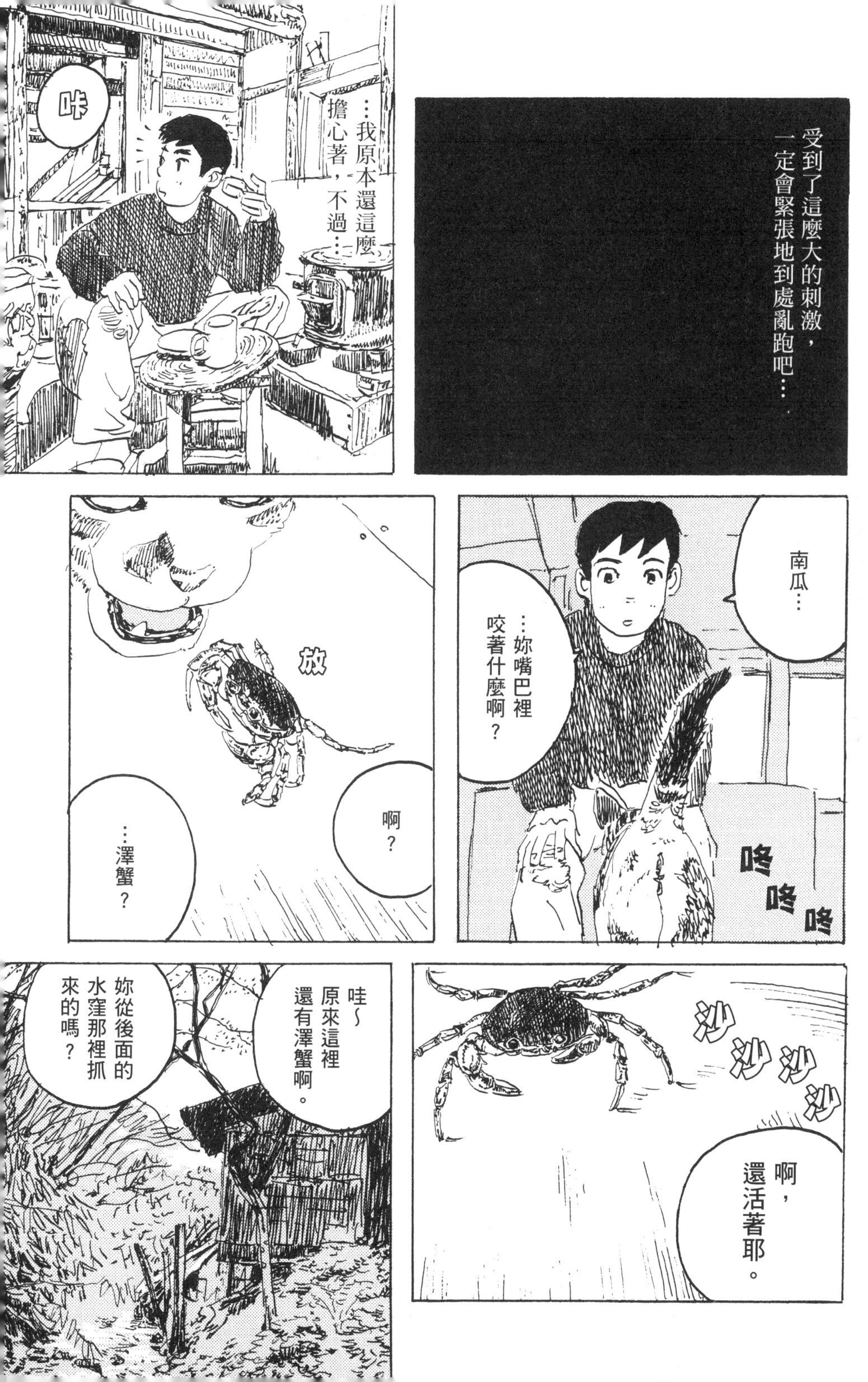
受到了這麼大的刺激，一定會緊張地到處亂跑吧……
咔
…我原本還這麼擔心著，不過……
南瓜…
…妳嘴巴裡咬著什麼啊？
咚咚咚
放
啊？
…澤蟹？
沙沙沙沙
啊，還活著耶。
哇～原來這裡還有澤蟹啊。
妳從後面的水窪那裡抓來的嗎？

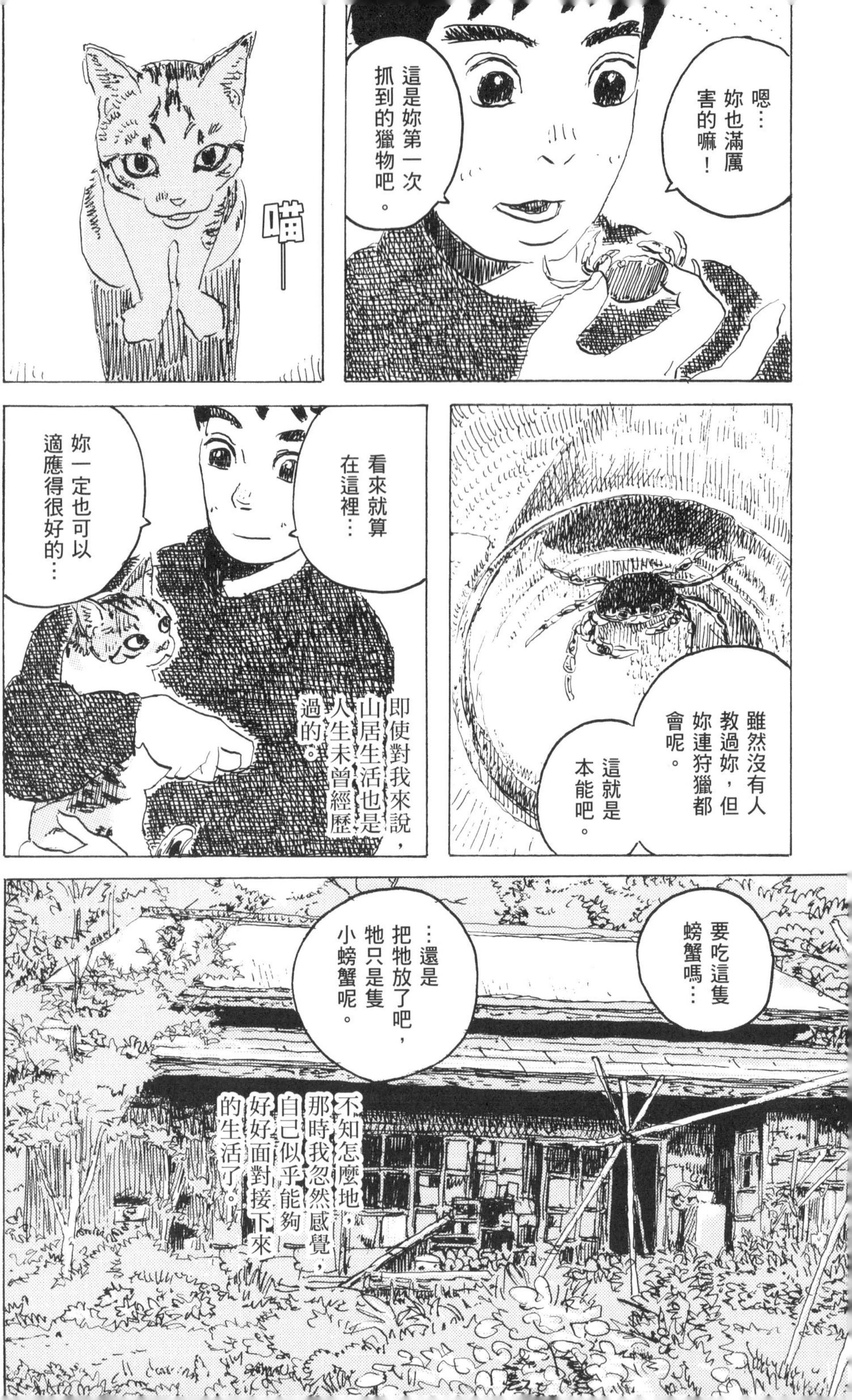
嗯…妳也滿厲害的嘛！
這是妳第一次抓到的獵物吧。
喵
雖然沒有人教過妳，但妳連狩獵都會呢。
這就是本能吧。
看來就算在這裡…
妳一定也可以適應得很好的…
即使對我來說，山居生活也是人生未曾經歷過的。
要吃這隻螃蟹嗎…
…還是把牠放了吧，牠只是隻小螃蟹呢。
不知怎麼地，那時我忽然感覺，自己似乎能夠好好面對接下來的生活了。

南瓜的大冒險

後記

非常感謝一路關心著南瓜的冒險的讀者朋友們。

南瓜的冒險生活，今天也持續著喔！

二〇〇七年 七月 五十嵐大介

南瓜與我的野放生活

カボチャの冒険

PaperFilm
FC2006

初版一刷／**2014 年 9 月**
初版五刷／**2020 年 6 月**

作者／**五十嵐大介**

譯者／**黃廷玉**

選書 、 策劃／**鄭衍偉（**Paper Film Festival **紙映企劃）**

編輯／**謝至平**

排版／**漾格科技股份有限公司**

發行人／**凃玉雲**

出版／**臉譜出版**

發行／**英屬蓋曼群島商家庭傳媒股份有限公司城邦分公司**
台北市中山區民生東路 141 號 11 樓
客服專線／ 02-25007718；25007719
24 小時傳真專線／ 02-25001990；25001991
服務時間／週一至週五 上午 09:30~12:00；下午 13:30~17:00
劃撥帳號／ 19863813 戶名／書虫股份有限公司
讀者服務信箱／ service@readingclub.com.tw
城邦網址／ http://www.cite.com.tw

香港發行所／**城邦（香港）出版集團有限公司**
香港灣仔駱克道 193 號東超商業中心 1 樓
電話／ 852-25086231 或 25086217　傳真／ 852-25789337
電子信箱／ hkcite@biznetvigator.com

ISBN ／ 978-986-235-385-1
售價 ・240 元